T

3 contes fantastiques

Dossier et notes réalisés par
Marianne et Stéphane Chomienne

Lecture d'image par
Pierre-Olivier Douphis

folioplus
classiques

Marianne Chomienne, agrégée de lettres modernes, enseigne en collège à Saint-Malo. **Stéphane Chomienne** est certifié de lettres modernes et professeur au lycée Maupertuis à Saint-Malo. Aux éditions Gallimard, ils ont publié conjointement l'accompagnement pédagogique de *3 nouvelles* d'Émile Zola, *L'Hôte secret* de Joseph Conrad, *Frankenstein* de Mary Shelley, *La Leçon de piano et autres diablogues* de Roland Dubillard et de *Loup brun* de Jack London, en « Folioplus classiques ».

Pierre-Olivier Douphis est docteur en histoire de l'art contemporain de l'Université Paris IV-Sorbonne. Il a écrit des articles dans la *Gazette des Beaux-Arts*, le *Bulletin du musée Ingres*, le *Musée critique de la Sorbonne*. Il est cofondateur de la revue en ligne *Textimage*. Il écrit une étude sur une œuvre de Fra Angelico à paraître prochainement.

Sommaire

3 contes fantastiques

La Morte amoureuse 5
Le Chevalier double 47
Le Pied de momie 63

Dossier

Du tableau au texte
 Analyse de *Salomé dansant* ou *Salomé tatouée*
  de Gustave Moreau (1876) 85

Le texte en perspective
 Vie littéraire : *Gautier, une figure majeure du*
  XIXᵉ siècle 99
 L'écrivain à sa table de travail : *Écrire des*
  nouvelles fantastiques 109
 Groupement de textes thématique : *Femmes*
  fantastiques 118
 Groupement de textes stylistique : *Exercices*
  d'admiration 129
 Chronologie : *Théophile Gautier et son temps* 138
 Éléments pour une fiche de lecture 145

3 contes fantastiques

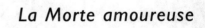

La Morte amoureuse

Vous me demandez, frère, si j'ai aimé; oui. C'est une histoire singulière et terrible, et, quoique j'aie soixante-six ans, j'ose à peine remuer la cendre de ce souvenir. Je ne veux rien vous refuser, mais je ne ferais pas à une âme moins éprouvée un pareil récit. Ce sont des événements si étranges, que je ne puis croire qu'ils me soient arrivés. J'ai été pendant plus de trois ans le jouet d'une illusion singulière et diabolique. Moi, pauvre prêtre de campagne, j'ai mené en rêve toutes les nuits (Dieu veuille que ce soit un rêve!) une vie de damné, une vie de mondain et de Sardanapale[1]. Un seul regard trop plein de complaisance jeté sur une femme pensa causer la perte de mon âme; mais enfin, avec l'aide de Dieu et de mon saint patron, je suis parvenu à chasser l'esprit malin qui s'était emparé de moi. Mon existence s'était compliquée d'une existence nocturne entièrement différente. Le jour, j'étais un prêtre du Seigneur, chaste, occupé de la prière et des choses saintes; la nuit, dès que j'avais fermé les yeux, je devenais un jeune seigneur, fin connaisseur en femmes, en chiens et en chevaux, jouant aux dés, buvant et blasphémant; et lorsqu'au lever de l'aube

---

1. Homme vivant dans le luxe et la débauche (du nom d'un roi antique).

je me réveillais, il me semblait au contraire que je m'endor-
mais et que je rêvais que j'étais prêtre. De cette vie som-
nambulique, il m'est resté des souvenirs d'objets et de mots
dont je ne puis pas me défendre, et, quoique je ne sois
jamais sorti des murs de mon presbytère, on dirait plutôt,
à m'entendre, un homme ayant usé de tout et revenu du
monde, qui est entré en religion et qui veut finir dans le sein
de Dieu des jours trop agités, qu'un humble séminariste[1]
qui a vieilli dans une cure[2] ignorée, au fond d'un bois et sans
aucun rapport avec les choses du siècle[3].

Oui, j'ai aimé comme personne au monde n'a aimé, d'un
amour insensé et furieux, si violent que je suis étonné qu'il
n'ait pas fait éclater mon cœur. Ah! quelles nuits! quelles
nuits!

Dès ma plus tendre enfance, je m'étais senti de la voca-
tion pour l'état de prêtre; aussi toutes mes études furent-
elles dirigées dans ce sens-là, et ma vie, jusqu'à vingt-quatre
ans, ne fut-elle qu'un long noviciat[4]. Ma théologie[5] achevée,
je passai successivement par tous les petits ordres, et mes
supérieurs me jugèrent digne, malgré ma grande jeunesse,
de franchir le dernier et redoutable degré. Le jour de mon
ordination[6] fut fixé à la semaine de Pâques.

Je n'étais jamais allé dans le monde; le monde, c'était pour
moi l'enclos du collège et du séminaire. Je savais vaguement
qu'il y avait quelque chose que l'on appelait femme, mais je
n'y arrêtais pas ma pensée; j'étais d'une innocence parfaite.

---

1. Élève d'un établissement religieux où étudient ceux qui vont
devenir prêtres.
2. Résidence d'un curé.
3. Ce qui appartient au monde humain et non divin.
4. Temps d'épreuve au bout duquel le postulant pourra prononcer
ses vœux et devenir prêtre.
5. Étude des questions religieuses.
6. Acte par lequel on accède à la prêtrise.

Je ne voyais ma mère vieille et infirme que deux fois l'an. C'étaient là toutes mes relations avec le dehors.

Je ne regrettais rien, je n'éprouvais pas la moindre hésitation devant cet engagement irrévocable; j'étais plein de joie et d'impatience. Jamais jeune fiancé n'a compté les heures avec une ardeur plus fiévreuse; je n'en dormais pas, je rêvais que je disais la messe; être prêtre, je ne voyais rien de plus beau au monde: j'aurais refusé d'être roi ou poète. Mon ambition ne concevait pas au-delà.

Ce que je dis là est pour vous montrer combien ce qui m'est arrivé ne devait pas m'arriver, et de quelle fascination inexplicable j'ai été la victime.

Le grand jour venu, je marchai à l'église d'un pas si léger, qu'il me semblait que je fusse soutenu en l'air ou que j'eusse des ailes aux épaules. Je me croyais un ange, et je m'étonnais de la physionomie sombre et préoccupée de mes compagnons; car nous étions plusieurs. J'avais passé la nuit en prières, et j'étais dans un état qui touchait presque à l'extase[1]. L'évêque, vieillard vénérable, me paraissait Dieu le Père penché sur son éternité, et je voyais le ciel à travers les voûtes du temple.

Vous savez les détails de cette cérémonie: la bénédiction, la communion sous les deux espèces[2], l'onction de la paume des mains avec l'huile des catéchumènes[3], et enfin le saint sacrifice offert de concert avec l'évêque. Je ne m'appesantirai pas sur cela. Oh! que Job[4] a raison, et que celui-là est imprudent qui ne conclut pas un pacte avec ses yeux! Je levai par hasard ma tête, que j'avais jusque-là tenue inclinée,

---

1. Joie intense.
2. Le partage du pain et du vin, symboles du corps et du sang du Christ.
3. Personne qui se prépare à être baptisé.
4. Personnage de la Bible qui a supporté tous les malheurs possibles grâce à sa croyance en Dieu.

et j'aperçus devant moi, si près que j'aurais pu la toucher, quoique en réalité elle fût à une assez grande distance et de l'autre côté de la balustrade, une jeune femme d'une beauté rare et vêtue avec une magnificence royale. Ce fut comme si des écailles me tombaient des prunelles. J'éprouvai la sensation d'un aveugle qui recouvrerait subitement la vue. L'évêque, si rayonnant tout à l'heure, s'éteignit tout à coup, les cierges pâlirent sur leurs chandeliers d'or comme les étoiles au matin, et il se fit par toute l'église une complète obscurité. La charmante créature se détachait sur ce fond d'ombre comme une révélation angélique ; elle semblait éclairée d'elle-même et donner le jour plutôt que le recevoir.

Je baissai la paupière, bien résolu à ne plus la relever pour me soustraire à l'influence des objets extérieurs ; car la distraction m'envahissait de plus en plus, et je savais à peine ce que je faisais.

Une minute après, je rouvris les yeux, car à travers mes cils je la voyais étincelante des couleurs du prisme, et dans une pénombre pourprée comme lorsqu'on regarde le soleil.

Oh ! comme elle était belle ! Les plus grands peintres, lorsque, poursuivant dans le ciel la beauté idéale, ils ont rapporté sur la terre le divin portrait de la Madone, n'approchent même pas de cette fabuleuse réalité. Ni les vers du poète ni la palette du peintre n'en peuvent donner une idée. Elle était assez grande, avec une taille et un port de déesse ; ses cheveux, d'un blond doux, se séparaient sur le haut de sa tête et coulaient sur ses tempes comme deux fleuves d'or ; on aurait dit une reine avec son diadème ; son front, d'une blancheur bleuâtre et transparente, s'étendait large et serein[1] sur les arcs de deux cils presque bruns, singularité qui ajoutait encore à l'effet de prunelles vert de

---

1. Calme.

mer d'une vivacité et d'un éclat insoutenables. Quels yeux ! avec un éclair ils décidaient de la destinée d'un homme ; ils avaient une vie, une limpidité, une ardeur, une humidité brillante que je n'ai jamais vues à un œil humain ; il s'en échappait des rayons pareils à des flèches et que je voyais distinctement aboutir à mon cœur. Je ne sais si la flamme qui les illuminait venait du ciel ou de l'enfer, mais à coup sûr elle venait de l'un ou de l'autre. Cette femme était un ange ou un démon, et peut-être tous les deux ; elle ne sortait certainement pas du flanc d'Ève, la mère commune. Des dents du plus bel orient[1] scintillaient dans son rouge sourire, et de petites fossettes se creusaient à chaque inflexion de sa bouche dans le satin rose de ses adorables joues. Pour son nez, il était d'une finesse et d'une fierté toute royale, et décelait la plus noble origine. Des luisants d'agate jouaient sur la peau unie et lustrée de ses épaules à demi décou-vertes, et des rangs de grosses perles blondes, d'un ton presque semblable à son cou, lui descendaient sur la poitrine. De temps en temps elle redressait sa tête avec un mouve-ment onduleux de couleuvre ou de paon qui se rengorge, et imprimait un léger frisson à la haute fraise brodée à jour qui l'entourait comme un treillis d'argent.

Elle portait une robe de velours nacarat[2], et de ses larges manches doublées d'hermine sortaient des mains patri-ciennes[3] d'une délicatesse infinie, aux doigts longs et potelés, et d'une si idéale transparence qu'ils laissaient passer le jour comme ceux de l'Aurore.

Tous ces détails me sont encore aussi présents que s'ils dataient d'hier, et, quoique je fusse dans un trouble extrême, rien ne m'échappait : la plus légère nuance, le petit point

---

1. Reflet nacré des perles.
2. Avec des reflets, entre le rouge et l'orangé.
3. Noble, aristocrate.

noir au coin du menton, l'imperceptible duvet aux commissures des lèvres, le velouté du front, l'ombre tremblante des cils sur les joues, je saisissais tout avec une lucidité étonnante.

À mesure que je la regardais, je sentais s'ouvrir dans moi des portes qui jusqu'alors avaient été fermées ; des soupiraux obstrués se débouchaient dans tous les sens et laissaient entrevoir des perspectives inconnues ; la vie m'apparaissait sous un aspect tout autre ; je venais de naître à un nouvel ordre d'idées. Une angoisse effroyable me tenaillait le cœur ; chaque minute qui s'écoulait me semblait une seconde et un siècle. La cérémonie avançait cependant, et j'étais emporté bien loin du monde dont mes désirs naissants assiégeaient furieusement l'entrée. Je dis oui cependant, lorsque je voulais dire non, lorsque tout en moi se révoltait et protestait contre la violence que ma langue faisait à mon âme : une force occulte m'arrachait malgré moi les mots du gosier. C'est là peut-être ce qui fait que tant de jeunes filles marchent à l'autel avec la ferme résolution de refuser d'une manière éclatante l'époux qu'on leur impose, et que pas une seule n'exécute son projet. C'est là sans doute ce qui fait que tant de pauvres novices prennent le voile, quoique bien décidées à le déchirer en pièces au moment de prononcer leurs vœux. On n'ose causer un tel scandale devant tout le monde ni tromper l'attente de tant de personnes ; toutes ces volontés, tous ces regards semblent peser sur vous comme une chape de plomb ; et puis les mesures sont si bien prises, tout est si bien réglé à l'avance, d'une façon si évidemment irrévocable, que la pensée cède au poids de la chose et s'affaisse complètement.

Le regard de la belle inconnue changeait d'expression selon le progrès de la cérémonie. De tendre et caressant qu'il était d'abord, il prit un air de dédain et de mécontentement comme de ne pas avoir été compris.

Je fis un effort suffisant pour arracher une montagne, pour m'écrier que je ne voulais pas être prêtre ; mais je ne pus en venir à bout ; ma langue resta clouée à mon palais, et il me fut impossible de traduire ma volonté par le plus léger mouvement négatif. J'étais, tout éveillé, dans un état pareil à celui du cauchemar, où l'on veut crier un mot dont votre vie dépend, sans en pouvoir venir à bout.

Elle parut sensible au martyre que j'éprouvais, et, comme pour m'encourager, elle me lança une œillade pleine de divines promesses. Ses yeux étaient un poème dont chaque regard formait un chant.

Elle me disait :

« Si tu veux être à moi, je te ferai plus heureux que Dieu lui-même dans son paradis ; les anges te jalouseront. Déchire ce funèbre linceul[1] où tu vas t'envelopper ; je suis la beauté, je suis la jeunesse, je suis la vie ; viens à moi, nous serons l'amour. Que pourrait t'offrir Jéhovah[2] pour compensation ? Notre existence coulera comme un rêve et ne sera qu'un baiser éternel.

« Répands le vin de ce calice, et tu es libre. Je t'emmènerai vers les îles inconnues ; tu dormiras sur mon sein, dans un lit d'or massif et sous un pavillon d'argent ; car je t'aime et je veux te prendre à ton Dieu, devant qui tant de nobles cœurs répandent des flots d'amour qui n'arrivent pas jusqu'à lui. »

Il me semblait entendre ces paroles sur un rythme d'une douceur infinie, car son regard avait presque de la sonorité, et les phrases que ses yeux m'envoyaient retentissaient au fond de mon cœur comme si une bouche invisible les eût

---

1. Linge dont on entoure les morts.
2. Un des noms de Dieu.

soufflées dans mon âme. Je me sentais prêt à renoncer à Dieu, et cependant mon cœur accomplissait machinalement les formalités de la cérémonie. La belle me jeta un second coup d'œil si suppliant, si désespéré, que des lames acérées me traversèrent le cœur, que je me sentis plus de glaives dans la poitrine que la mère de douleurs.

C'en était fait, j'étais prêtre.

Jamais physionomie humaine ne peignit une angoisse aussi poignante ; la jeune fille qui voit tomber son fiancé mort subitement à côté d'elle, la mère auprès du berceau vide de son enfant, Ève assise sur le seuil de la porte du paradis, l'avare qui trouve une pierre à la place de son trésor, le poète qui a laissé rouler dans le feu le manuscrit unique de son plus bel ouvrage, n'ont point un air plus atterré et plus inconsolable. Le sang abandonna complètement sa charmante figure, et elle devint d'une blancheur de marbre ; ses beaux bras tombèrent le long de son corps, comme si les muscles en avaient été dénoués, et elle s'appuya contre un pilier, car ses jambes fléchissaient et se dérobaient sous elle. Pour moi, livide, le front inondé d'une sueur plus sanglante que celle du Calvaire[1], je me dirigeai en chancelant vers la porte de l'église ; j'étouffais ; les voûtes s'aplatissaient sur mes épaules, et il me semblait que ma tête soutenait seule tout le poids de la coupole.

Comme j'allais franchir le seuil, une main s'empara brusquement de la mienne ; une main de femme ! Je n'en avais jamais touché. Elle était froide comme la peau d'un serpent, et l'empreinte m'en resta brûlante comme la marque d'un fer rouge. C'était elle. « Malheureux ! malheureux ! qu'as-tu fait ? » me dit-elle à voix basse ; puis elle disparut dans la foule.

Le vieil évêque passa ; il me regarda d'un air sévère. Je

---

1. Référence à la sueur sanglante du Christ lors de la crucifixion.

faisais la plus étrange contenance du monde ; je pâlissais, je rougissais, j'avais des éblouissements. Un de mes camarades eut pitié de moi, il me prit et m'emmena ; j'aurais été incapable de retrouver tout seul le chemin du séminaire. Au détour d'une rue, pendant que le jeune prêtre tournait la tête d'un autre côté, un page nègre, bizarrement vêtu, s'approcha de moi, et me remit, sans s'arrêter dans sa course, un petit portefeuille à coins d'or ciselés, en me faisant signe de le cacher ; je le fis glisser dans ma manche et l'y tins jusqu'à ce que je fusse seul dans ma cellule. Je fis sauter le fermoir, il n'y avait que deux feuilles avec ces mots : « Clarimonde, au palais Concini. » J'étais alors si peu au courant des choses de la vie, que je ne connaissais pas Clarimonde, malgré sa célébrité, et que j'ignorais complètement où était situé le palais Concini. Je fis mille conjectures plus extravagantes les unes que les autres ; mais à la vérité, pourvu que je pusse la revoir, j'étais fort peu inquiet de ce qu'elle pouvait être, grande dame ou courtisane.

Cet amour né tout à l'heure s'était indestructiblement enraciné ; je ne songeai même pas à essayer de l'arracher, tant je sentais que c'était là chose impossible. Cette femme s'était complètement emparée de moi, un seul regard avait suffi pour me changer ; elle m'avait soufflé sa volonté ; je ne vivais plus dans moi, mais dans elle et par elle. Je faisais mille extravagances, je baisais sur ma main la place qu'elle avait touchée, et je répétais son nom des heures entières. Je n'avais qu'à fermer les yeux pour la voir aussi distinctement que si elle eût été présente en réalité, et je me redisais ces mots, qu'elle m'avait dits sous le portail de l'église : « Malheureux ! malheureux ! qu'as-tu fait ? » Je comprenais toute l'horreur de ma situation, et les côtés funèbres et terribles de l'état que je venais d'embrasser se révélaient clairement à moi. Être prêtre ! c'est-à-dire chaste, ne pas aimer, ne distinguer ni le sexe ni l'âge, se détourner de toute beauté, se crever les yeux, ramper sous l'ombre glaciale d'un cloître ou d'une église, ne voir que des mourants, veiller auprès de cadavres inconnus et porter soi-même son deuil sur sa soutane noire, de sorte que l'on peut faire de votre habit un drap pour votre cercueil !

Et je sentais la vie monter en moi comme un lac intérieur qui s'enfle et qui déborde ; mon sang battait avec force dans mes artères ; ma jeunesse, si longtemps comprimée, éclatait tout d'un coup comme l'aloès qui met cent ans à fleurir et qui éclôt avec un coup de tonnerre.

Comment faire pour revoir Clarimonde ? Je n'avais aucun prétexte pour sortir du séminaire, ne connaissant personne dans la ville ; je n'y devais même pas rester, et j'y attendais seulement que l'on me désignât la cure que je devais occuper. J'essayai de desceller les barreaux de la fenêtre ; mais elle était à une hauteur effrayante, et n'ayant pas d'échelle, il n'y fallait pas penser. Et d'ailleurs je ne pouvais descendre que de nuit ; et comment me serais-je conduit dans l'inextricable dédale des rues ? Toutes ces difficultés, qui n'eussent rien été pour d'autres, étaient immenses pour moi, pauvre séminariste, amoureux d'hier, sans expérience, sans argent et sans habits.

Ah ! si je n'eusse pas été prêtre, j'aurais pu la voir tous les jours ; j'aurais été son amant, son époux, me disais-je dans mon aveuglement ; au lieu d'être enveloppé dans mon triste suaire[1], j'aurais des habits de soie et de velours, des chaînes d'or, une épée et des plumes comme les beaux jeunes cavaliers. Mes cheveux, au lieu d'être déshonorés par une large tonsure, se joueraient autour de mon cou en boucles ondoyantes. J'aurais une belle moustache cirée, je serais un vaillant. Mais une heure passée devant un autel, quelques paroles à peine articulées, me retranchaient à tout

---

1. Drap dont on recouvre les morts.

jamais du nombre des vivants, et j'avais scellé moi-même la pierre de mon tombeau, j'avais poussé de ma main le verrou de ma prison !

Je me mis à la fenêtre. Le ciel était admirablement bleu, les arbres avaient mis leur robe de printemps ; la nature faisait parade d'une joie ironique. La place était pleine de monde ; les uns allaient, les autres venaient ; de jeunes muguets[1] et de jeunes beautés, couple par couple, se dirigeaient du côté du jardin et des tonnelles. Des compagnons passaient en chantant des refrains à boire ; c'était un mouvement, une vie, un entrain, une gaieté qui faisaient péniblement ressortir mon deuil et ma solitude. Une jeune mère, sur le pas de la porte, jouait avec son enfant ; elle baisait sa petite bouche rose, encore emperlée de gouttes de lait, et lui faisait, en l'agaçant, mille de ces divines puérilités que les mères seules savent trouver. Le père, qui se tenait debout à quelque distance, souriait doucement à ce charmant groupe, et ses bras croisés pressaient sa joie sur son cœur. Je ne pus supporter ce spectacle ; je fermai la fenêtre, et je me jetai sur mon lit avec une haine et une jalousie effroyables dans le cœur, mordant mes doigts et ma couverture comme un tigre à jeun depuis trois jours.

Je ne sais pas combien de jours je restai ainsi ; mais, en me retournant dans un mouvement de spasme furieux, j'aperçus l'abbé Sérapion qui se tenait debout au milieu de la chambre et qui me considérait attentivement. J'eus honte de moi-même, et, laissant tomber ma tête sur ma poitrine, je voilai mes yeux avec mes mains.

« Romuald, mon ami, il se passe quelque chose d'extraordinaire en vous, me dit Sérapion au bout de quelques minutes de silence ; votre conduite est vraiment inexplicable ! Vous, si pieux, si calme et si doux, vous vous agitez dans votre

---

1. Homme élégant.

cellule comme une bête fauve. Prenez garde, mon frère, et n'écoutez pas les suggestions du diable ; l'esprit malin, irrité de ce que vous vous êtes à tout jamais consacré au Seigneur, rôde autour de vous comme un loup ravissant et fait un dernier effort pour vous attirer à lui. Au lieu de vous laisser abattre, mon cher Romuald, faites-vous une cuirasse de prières, un bouclier de mortifications[1], et combattez vaillamment l'ennemi ; vous le vaincrez. L'épreuve est nécessaire à la vertu et l'on sort plus fin de la coupelle. Ne vous effrayez ni ne vous découragez ; les âmes les mieux gardées et les plus affermies ont eu de ces moments. Priez, jeûnez, méditez, et le mauvais esprit se retirera. »

Le discours de l'abbé Sérapion me fit rentrer en moi-même, et je devins un peu plus calme. « Je venais vous annoncer votre nomination à la cure de C*** ; le prêtre qui la possédait vient de mourir, et monseigneur l'évêque m'a chargé d'aller vous y installer ; soyez prêt pour demain. » Je répondis d'un signe de tête que je le serais, et l'abbé se retira. J'ouvris mon missel[2] et je commençai à lire des prières ; mais ces lignes se confondirent bientôt sous mes yeux ; le fil des idées s'enchevêtra dans mon cerveau, et le volume me glissa des mains sans que j'y prisse garde.

Partir demain sans l'avoir revue ! ajouter encore une impossibilité à toutes celles qui étaient déjà entre nous ! perdre à tout jamais l'espérance de la rencontrer, à moins d'un miracle ! Lui écrire ? par qui ferais-je parvenir ma lettre ? Avec le sacré caractère dont j'étais revêtu, à qui s'ouvrir, se fier ? J'éprouvais une anxiété terrible. Puis, ce que l'abbé Sérapion m'avait dit des artifices du diable me revenait en mémoire ; l'étrangeté de l'aventure, la beauté surnaturelle de Clarimonde, l'éclat phosphorique de ses yeux, l'impres-

---

1. Acte par lequel on s'inflige une souffrance volontaire.
2. Livre de messe.

sion brûlante de sa main, le trouble où elle m'avait jeté, le changement subit qui s'était opéré en moi, ma piété évanouie en un instant, tout cela prouvait clairement la présence du diable, et cette main satinée n'était peut-être que le gant dont il avait recouvert sa griffe. Ces idées me jetèrent dans une grande frayeur, je ramassai le missel qui de mes genoux était roulé à terre, et je me remis en prières.

Le lendemain, Sérapion me vint prendre ; deux mules nous attendaient à la porte, chargées de nos maigres valises ; il monta l'une et moi l'autre tant bien que mal. Tout en parcourant les rues de la ville, je regardais à toutes les fenêtres et à tous les balcons si je ne verrais pas Clarimonde ; mais il était trop matin, et la ville n'avait pas encore ouvert les yeux. Mon regard tâchait de plonger derrière les stores et à travers les rideaux de tous les palais devant lesquels nous passions. Sérapion attribuait sans doute cette curiosité à l'admiration que me causait la beauté de l'architecture, car il ralentissait le pas de sa monture pour me donner le temps de voir. Enfin nous arrivâmes à la porte de la ville et nous commençâmes à gravir la colline. Quand je fus tout en haut, je me retournai pour regarder une fois encore les lieux où vivait Clarimonde. L'ombre d'un nuage couvrait entièrement la ville ; ses toits bleus et rouges étaient confondus dans une demi-teinte générale, où surnageaient çà et là, comme de blancs flocons d'écume, les fumées du matin. Par un singulier effet d'optique, se dessinait, blond et doré sous un rayon unique de lumière, un édifice qui surpassait en hauteur les constructions voisines, complètement noyées dans la vapeur ; quoiqu'il fût à plus d'une lieue, il paraissait tout proche. On en distinguait les moindres détails, les tourelles, les plates-formes, les croisées, et jusqu'aux girouettes en queue-d'aronde.

« Quel est donc ce palais que je vois tout là-bas éclairé d'un rayon du soleil ? » demandai-je à Sérapion. Il mit sa main

au-dessus de ses yeux, et, ayant regardé, il me répondit : « C'est l'ancien palais que le prince Concini a donné
à la courtisane Clarimonde ; il s'y passe d'épouvantables
choses. »

En ce moment, je ne sais encore si c'est une réalité ou
une illusion, je crus voir y glisser sur la terrasse une forme
svelte et blanche qui étincela une seconde et s'éteignit.
C'était Clarimonde !

Oh ! savait-elle qu'à cette heure, du haut de cet âpre
chemin qui m'éloignait d'elle, et que je ne devais plus redes-
cendre, ardent et inquiet, je couvais de l'œil le palais qu'elle
habitait, et qu'un jeu dérisoire de lumière semblait rappro-
cher de moi, comme pour m'inviter à y entrer en maître ?
Sans doute, elle le savait, car son âme était trop sympathi-
quement liée à la mienne pour n'en point ressentir les
moindres ébranlements, et c'était ce sentiment qui l'avait
poussée, encore enveloppée de ses voiles de nuit, à monter
sur le haut de la terrasse, dans la glaciale rosée du matin.

L'ombre gagna le palais, et ce ne fut plus qu'un océan
immobile de toits et de combles où l'on ne distinguait rien
qu'une ondulation montueuse. Sérapion toucha sa mule,
dont la mienne prit aussitôt l'allure, et un coude du chemin
me déroba pour toujours la ville de S..., car je n'y devais
pas revenir. Au bout de trois journées de route par des
campagnes assez tristes, nous vîmes poindre à travers les
arbres le coq du clocher de l'église que je devais desservir ;
et, après avoir suivi quelques rues tortueuses bordées de
chaumières et de courtils¹, nous nous trouvâmes devant la
façade, qui n'était pas d'une grande magnificence. Un porche
orné de quelques nervures et de deux ou trois piliers de
grès grossièrement taillés, un toit en tuiles et des contre-
forts du même grès que les piliers, c'était tout : à gauche le

_____
1. Petite maison de paysan.

cimetière tout plein de hautes herbes, avec une grande croix de fer au milieu ; à droite et dans l'ombre de l'église, le presbytère. C'était une maison d'une simplicité extrême et d'une propreté aride. Nous entrâmes ; quelques poules picotaient sur la terre de rares grains d'avoine ; accoutumées apparemment à l'habit noir des ecclésiastiques, elles ne s'effarouchèrent point de notre présence et se dérangèrent à peine pour nous laisser passer. Un aboi éraillé et enroué se fit entendre, et nous vîmes accourir un vieux chien.

C'était le chien de mon prédécesseur. Il avait l'œil terne, le poil gris et tous les symptômes de la plus haute vieillesse où puisse atteindre un chien. Je le flattai doucement de la main, et il se mit aussitôt à marcher à côté de moi avec un air de satisfaction inexprimable. Une femme assez âgée, et qui avait été la gouvernante de l'ancien curé, vint aussi à notre rencontre, et, après m'avoir fait entrer dans une salle basse, me demanda si mon intention était de la garder. Je lui répondis que je la garderais, elle et le chien, et aussi les poules, et tout le mobilier que son maître lui avait laissé à sa mort, ce qui la fit entrer dans un transport de joie, l'abbé Sérapion lui ayant donné sur-le-champ le prix qu'elle en voulait.

Mon installation faite, l'abbé Sérapion retourna au séminaire. Je demeurai donc seul et sans autre appui que moi-même. La pensée de Clarimonde recommença à m'obséder, et, quelques efforts que je fisse pour la chasser, je n'y parvenais pas toujours. Un soir, en me promenant dans les allées bordées de buis de mon petit jardin, il me sembla voir à travers la charmille[1] une forme de femme qui suivait tous mes mouvements, et entre les feuilles étinceler les deux prunelles vert de mer ; mais ce n'était qu'une illusion, et,

---

1. Jardin taillé avec des haies, des tonnelles…

ayant passé de l'autre côté de l'allée, je n'y trouvai rien qu'une trace de pied sur le sable, si petit qu'on eût dit un pied d'enfant. Le jardin était entouré de murailles très hautes ; j'en visitai tous les coins et recoins, il n'y avait personne. Je n'ai jamais pu m'expliquer cette circonstance qui, du reste, n'était rien à côté des étranges choses qui me devaient arriver. Je vivais ainsi depuis un an, remplissant avec exactitude tous les devoirs de mon état, priant, jeûnant, exhortant[1] et secourant les malades, faisant l'aumône jusqu'à me retrancher les nécessités les plus indispensables. Mais je sentais au-dedans de moi une aridité extrême, et les sources de la grâce m'étaient fermées. Je ne jouissais pas de ce bonheur que donne l'accomplissement d'une sainte mission ; mon idée était ailleurs, et les paroles de Clarimonde me revenaient souvent sur les lèvres comme une espèce de refrain involontaire. Ô frère, méditez bien ceci ! Pour avoir levé une seule fois le regard sur une femme, pour une faute en apparence si légère, j'ai éprouvé pendant plusieurs années les plus misérables agitations : ma vie a été troublée à tout jamais.

Je ne vous retiendrai pas plus longtemps sur ces défaites et sur ces victoires intérieures toujours suivies de rechutes plus profondes, et je passerai sur-le-champ à une circonstance décisive. Une nuit l'on sonna violemment à ma porte. La vieille gouvernante alla ouvrir, et un homme au teint cuivré et richement vêtu, mais selon une mode étrangère, avec un long poignard, se dessina sous les rayons de la lanterne de Barbara. Son premier mouvement fut la frayeur ; mais l'homme la rassura, et lui dit qu'il avait besoin de me voir sur-le-champ pour quelque chose qui concernait mon ministère[2]. Barbara le fit monter. J'allais me mettre au lit.

---

1. Donner du courage.
2. Charges et activités d'un prêtre.

L'homme me dit que sa maîtresse, une très grande dame, était à l'article de la mort et désirait un prêtre. Je répondis que j'étais prêt à le suivre ; je pris avec moi ce qu'il fallait pour l'extrême-onction et je descendis en toute hâte. À la porte piaffaient d'impatience deux chevaux noirs comme la nuit, et soufflant sur leur poitrail deux longs flots de fumée. Il me tint l'étrier et m'aida à monter sur l'un, puis il sauta sur l'autre en appuyant seulement une main sur le pommeau de la selle. Il serra les genoux et lâcha les guides à son cheval qui partit comme la flèche. Le mien, dont il tenait la bride, prit aussi le galop et se maintint dans une égalité parfaite. Nous dévorions le chemin ; la terre filait sous nous grise et rayée, et les silhouettes noires des arbres s'enfuyaient comme une armée en déroute. Nous traversâmes une forêt d'un sombre si opaque et si glacial, que je me sentis courir sur la peau un frisson de superstitieuse terreur. Les aigrettes[1] d'étincelles que les fers de nos chevaux arrachaient aux cailloux laissaient sur notre passage comme une traînée de feu, et si quelqu'un, à cette heure de nuit, nous eût vus, mon conducteur et moi, il nous eût pris pour deux spectres à cheval sur le cauchemar. Des feux follets traversaient de temps en temps le chemin, et les choucas[2] piaulaient piteusement dans l'épaisseur du bois où brillaient de loin en loin les yeux phosphoriques de quelques chats sauvages. La crinière des chevaux s'échevelait de plus en plus, la sueur ruisselait sur leurs flancs, et leur haleine sortait bruyante et pressée de leurs narines. Mais, quand il les voyait faiblir, l'écuyer pour les ranimer poussait un cri guttural qui n'avait rien d'humain, et la course recommençait avec furie. Enfin le tourbillon s'arrêta ; une masse noire piquée de quelques points brillants se dressa subitement devant

---

1. Faisceau, gerbe.
2. Petit corbeau.

nous; les pas de nos montures sonnèrent plus bruyants sur un plancher ferré, et nous entrâmes sous une voûte qui ouvrait sa gueule sombre entre deux énormes tours. Une grande agitation régnait dans le château; des domestiques avec des torches à la main traversaient les cours en tous sens, et des lumières montaient et descendaient de palier en palier. J'entrevis confusément d'immenses architectures, des colonnes, des arcades, des perrons et des rampes, un luxe de construction tout à fait royal et féerique. Un page nègre, le même qui m'avait donné les tablettes de Clarimonde et que je reconnus à l'instant, me vint aider à descendre, et un majordome, vêtu de velours noir avec une chaîne d'or au col et une canne d'ivoire à la main, s'avança au-devant de moi. De grosses larmes débordaient de ses yeux et coulaient le long de ses joues sur sa barbe blanche. «Trop tard! fit-il en hochant la tête, trop tard! seigneur prêtre; mais, si vous n'avez pu sauver l'âme, venez veiller le pauvre corps.» Il me prit par le bras et me conduisit à la salle funèbre; je pleurais aussi fort que lui, car j'avais compris que la morte n'était autre que cette Clarimonde tant et si follement aimée. Un prie-Dieu était disposé à côté du lit; une flamme bleuâtre voltigeant sur une patère de bronze jetait par toute la chambre un jour faible et douteux, et çà et là faisait papilloter dans l'ombre quelque arête saillante de meuble ou de corniche. Sur la table, dans une urne ciselée, trempait une rose blanche fanée dont les feuilles, à l'exception d'une seule qui tenait encore, étaient toutes tombées au pied du vase comme des larmes odorantes; un masque noir brisé, un éventail, des déguisements de toute espèce, traînaient sur les fauteuils et faisaient voir que la mort était arrivée dans cette somptueuse demeure à l'improviste et sans se faire annoncer. Je m'agenouillai sans oser jeter les yeux sur le lit, et je me mis à réciter les psaumes avec une grande ferveur, remerciant Dieu qu'il eût mis la tombe entre l'idée de cette femme et moi, pour que je pusse ajouter à mes prières son nom désormais sanctifié. Mais peu à peu cet élan se ralentit, et je tombai en rêverie. Cette chambre n'avait rien d'une chambre de mort. Au lieu de l'air fétide et cadavéreux que j'étais accoutumé à respirer en ces veilles funèbres, une langoureuse fumée d'essences orientales, je ne sais quelle amoureuse odeur de femme, nageait doucement dans l'air attiédi. Cette pâle lueur avait plutôt l'air d'un demi-jour ménagé pour la volupté que de la veilleuse au reflet jaune qui tremblote près des cadavres. Je songeais au singulier hasard qui m'avait fait retrouver Clarimonde au moment où je la perdais pour toujours, et un soupir de regret s'échappa de ma poitrine. Il me sembla qu'on avait soupiré aussi derrière moi, et je me retournai involontairement. C'était l'écho. Dans ce mouvement, mes yeux tombèrent sur le lit de parade qu'ils avaient jusqu'alors évité. Les rideaux de damas rouge à grandes fleurs, relevés par des torsades d'or, laissaient voir la morte couchée tout de son long et les mains jointes sur la poitrine. Elle était couverte d'un voile de lin d'une blancheur éblouissante, que le pourpre sombre de la tenture faisait encore mieux ressortir, et d'une telle finesse qu'il ne dérobait en rien la forme charmante de son corps et permettait de suivre ces belles lignes onduleuses comme le cou d'un cygne que la mort même n'avait pu roidir. On eût dit une statue d'albâtre faite par quelque sculpteur habile pour mettre sur un tombeau de reine, ou encore une jeune fille endormie sur qui il aurait neigé.

Je ne pouvais plus y tenir ; cet air d'alcôve m'enivrait, cette fébrile senteur de rose à demi fanée me montait au cerveau, et je marchais à grands pas dans la chambre, m'arrêtant à chaque tour devant l'estrade pour considérer la gracieuse trépassée sous la transparence de son linceul. D'étranges pensées me traversaient l'esprit ; je me figurais qu'elle n'était point morte réellement, et que ce n'était qu'une feinte qu'elle avait employée pour m'attirer dans son château et me conter son amour. Un instant même je crus avoir vu bouger son pied dans la blancheur des voiles, et se déranger les plis droits du suaire.

Et puis je me disais : « Est-ce bien Clarimonde ? quelle preuve en ai-je ? Ce page noir ne peut-il être passé au service d'une autre femme ? Je suis bien fou de me désoler et de m'agiter ainsi. » Mais mon cœur me répondit avec un battement : « C'est bien elle, c'est bien elle. » Je me rapprochai du lit, et je regardai avec un redoublement d'attention l'objet de mon incertitude. Vous l'avouerai-je ? cette perfection de formes, quoique purifiée et sanctifiée par l'ombre de la mort, me troublait plus voluptueusement qu'il n'aurait fallu, et ce repos ressemblait tant à un sommeil que l'on s'y serait trompé. J'oubliais que j'étais venu là pour un office funèbre, et je m'imaginais que j'étais un jeune époux entrant dans la chambre de la fiancée qui cache sa figure par pudeur et qui ne se veut point laisser voir. Navré de douleur, éperdu de joie, frissonnant de crainte et de plaisir, je me penchai vers elle et je pris le coin du drap ; je le soulevai lentement en retenant mon souffle de peur de l'éveiller. Mes artères palpitaient avec une telle force, que je les sentais siffler dans mes tempes, et mon front ruisselait de sueur comme si j'eusse remué une dalle de marbre. C'était en effet la Clarimonde telle que je l'avais vue à l'église lors de mon ordination ; elle était aussi charmante, et la mort chez elle semblait une coquetterie de plus. La pâleur de ses joues, le rose moins vif de ses lèvres, ses longs cils baissés et découpant leur frange brune sur cette blancheur, lui donnaient une expression de chasteté mélancolique et de souffrance pensive d'une puissance de séduction inexprimable ; ses longs cheveux dénoués, où se trouvaient encore mêlées quelques petites fleurs bleues, faisaient un oreiller à sa tête et protégeaient de leurs boucles la nudité de ses épaules ; ses belles mains, plus pures, plus diaphanes[1] que des hosties, étaient croisées dans une attitude de pieux repos et de tacite[2] prière, qui corrigeait ce qu'auraient pu avoir de trop séduisant, même dans la mort, l'exquise rondeur et le poli d'ivoire de ses bras nus dont on n'avait pas ôté les bracelets de perles. Je restai longtemps absorbé dans une muette contemplation, et, plus je la regardais, moins je pouvais croire que la vie avait pour toujours abandonné ce beau corps. Je ne sais si cela était une illusion ou un reflet de la lampe, mais on eût dit que le sang recommençait à circuler sous cette mate pâleur ; cependant elle était toujours de la plus parfaite immobilité. Je touchai légèrement son bras ; il était froid, mais pas plus froid pourtant que sa main le jour qu'elle avait effleuré la mienne sous le portail de l'église. Je repris ma position, penchant ma figure sur la sienne et laissant pleuvoir sur ses joues la tiède rosée de mes larmes. Ah ! quel sentiment amer de désespoir et d'impuissance ! quelle agonie que cette veille ! j'aurais voulu pouvoir ramasser ma vie en un monceau pour la lui donner et souffler sur sa dépouille glacée la flamme qui me dévorait. La nuit s'avançait, et, sentant approcher le moment de la séparation éternelle, je ne pus me refuser cette triste et suprême douceur de déposer un baiser sur les lèvres mortes de celle qui avait eu tout mon amour. Ô prodige ! un léger souffle se mêla à mon souffle, et la bouche de Clarimonde répondit à la pression de la mienne : ses yeux s'ouvrirent et reprirent un peu d'éclat, elle fit un soupir, et, décroisant ses bras, elle les passa derrière mon cou avec un air de ravissement ineffable. « Ah ! c'est toi, Romuald, dit-elle d'une voix languissante et douce comme les dernières vibrations d'une harpe ; que fais-tu donc ? Je t'ai attendu si longtemps, que je

---

1. Pâle.
2. Inexprimé, sous-entendu.

suis morte; mais maintenant nous sommes fiancés, je pourrai te voir et aller chez toi. Adieu, Romuald, adieu! je t'aime; c'est tout ce que je voulais te dire, et je te rends la vie que tu as rappelée sur moi une minute avec ton baiser; à bientôt. »

Sa tête retomba en arrière, mais elle m'entourait toujours de ses bras comme pour me retenir. Un tourbillon de vent furieux défonça la fenêtre et entra dans la chambre; la dernière feuille de la rose blanche palpita quelque temps comme une aile au bout de la tige, puis elle se détacha et s'envola par la croisée ouverte, emportant avec elle l'âme de Clarimonde. La lampe s'éteignit et je tombai évanoui sur le sein de la belle morte.

Quand je revins à moi, j'étais couché sur mon lit, dans ma petite chambre du presbytère, et le vieux chien de l'ancien curé léchait ma main allongée hors de la couverture. Barbara s'agitait dans la chambre avec un tremblement sénile, ouvrant et fermant des tiroirs, ou remuant des poudres dans des verres. En me voyant ouvrir les yeux, la vieille poussa un cri de joie, le chien jappa et frétilla de la queue; mais j'étais si faible, que je ne pus prononcer une seule parole ni faire aucun mouvement. J'ai su depuis que j'étais resté trois jours ainsi, ne donnant d'autre signe d'existence qu'une respiration presque insensible. Ces trois jours ne comptent pas dans ma vie, et je ne sais où mon esprit était allé pendant tout ce temps; je n'en ai gardé aucun souvenir. Barbara m'a conté que le même homme au teint cuivré, qui m'était venu chercher pendant la nuit, m'avait ramené le matin dans une litière fermée et s'en était retourné aussitôt. Dès que je pus rappeler mes idées, je repassai en moi-même toutes les circonstances de cette nuit fatale. D'abord je pensai que j'avais été le jouet d'une illusion magique; mais des circonstances réelles et palpables détruisirent bientôt cette supposition. Je ne pouvais croire que j'avais rêvé, puisque Barbara avait vu comme moi l'homme aux deux chevaux noirs et qu'elle en décrivait l'ajustement et la tournure avec exactitude. Cependant personne ne connaissait dans les environs un château auquel s'appliquât la description du château où j'avais retrouvé Clarimonde.

Un matin je vis entrer l'abbé Sérapion. Barbara lui avait mandé que j'étais malade, et il était accouru en toute hâte. Quoique cet empressement démontrât de l'affection et de l'intérêt pour ma personne, sa visite ne me fit pas le plaisir qu'elle m'aurait dû faire. L'abbé Sérapion avait dans le regard quelque chose de pénétrant et d'inquisiteur[1] qui me gênait. Je me sentais embarrassé et coupable devant lui. Le premier il avait découvert mon trouble intérieur, et je lui en voulais de sa clairvoyance.

Tout en me demandant des nouvelles de ma santé d'un ton hypocritement mielleux, il fixait sur moi ses deux jaunes prunelles de lion et plongeait comme une sonde ses regards dans mon âme. Puis il me fit quelques questions sur la manière dont je dirigeais ma cure, si je m'y plaisais, à quoi je passais le temps que mon ministère me laissait libre, si j'avais fait quelques connaissances parmi les habitants du lieu, quelles étaient mes lectures favorites, et mille autres détails semblables. Je répondais à tout cela le plus brièvement possible, et lui-même sans attendre que j'eusse achevé, passait à autre chose. Cette conversation n'avait évidemment aucun rapport avec ce qu'il voulait dire. Puis, sans préparation aucune, et comme une nouvelle dont il se souvenait à l'instant et qu'il eût craint d'oublier ensuite, il me dit d'une voix claire et vibrante qui résonna à mon oreille comme les trompettes du Jugement dernier :

« La grande courtisane Clarimonde est morte dernièrement, à la suite d'une orgie qui a duré huit jours et huit

---

1. Indiscret, insistant.

nuits. Ç'a été quelque chose d'infernalement splendide. On a renouvelé là les abominations des festins de Balthazar et de Cléopâtre. Dans quel siècle vivons-nous, bon Dieu ! Les convives étaient servis par des esclaves basanés parlant un langage inconnu, et qui m'ont tout l'air de vrais démons ; la livrée du moindre d'entre eux eût pu servir d'habit de gala à un empereur. Il a couru de tout temps sur cette Clarimonde de bien étranges histoires, et tous ses amants ont fini d'une manière misérable ou violente. On a dit que c'était une goule, un vampire femelle ; mais je crois que c'était Belzébuth en personne. »

Il se tut et m'observa plus attentivement que jamais, pour voir l'effet que ses paroles avaient produit sur moi. Je n'avais pu me défendre d'un mouvement en entendant nommer Clarimonde, et cette nouvelle de sa mort, outre la douleur qu'elle me causait par son étrange coïncidence avec la scène nocturne dont j'avais été témoin, me jeta dans un trouble et un effroi qui parurent sur ma figure, quoi que je fisse pour m'en rendre maître. Sérapion me jeta un coup d'œil inquiet et sévère ; puis il me dit : « Mon fils, je dois vous en avertir, vous avez le pied levé sur un abîme, prenez garde d'y tomber. Satan a la griffe longue, et les tombeaux ne sont pas toujours fidèles. La pierre de Clarimonde devrait être scellée d'un triple sceau ; car ce n'est pas, à ce qu'on dit, la première fois qu'elle est morte. Que Dieu veille sur vous, Romuald ! »

Après avoir dit ces mots, Sérapion regagna la porte à pas lents, et je ne le revis plus ; car il partit pour S*** presque aussitôt.

J'étais entièrement rétabli et j'avais repris mes fonctions habituelles. Le souvenir de Clarimonde et les paroles du vieil abbé étaient toujours présents à mon esprit ; cependant aucun événement extraordinaire n'était venu confirmer les prévisions funèbres de Sérapion, et je commençais à croire que ses craintes et mes terreurs étaient trop exagérées; mais une nuit je fis un rêve. J'avais à peine bu les premières gorgées du sommeil, que j'entendis ouvrir les rideaux de mon lit et glisser les anneaux sur les tringles avec un bruit éclatant; je me soulevai brusquement sur le coude, et je vis une ombre de femme qui se tenait debout devant moi. Je reconnus sur-le-champ Clarimonde. Elle portait à la main une petite lampe de la forme de celles qu'on met dans les tombeaux, dont la lueur donnait à ses doigts effilés une transparence rose qui se prolongeait par une dégradation insensible jusque dans la blancheur opaque et laiteuse de son bras nu. Elle avait pour tout vêtement le suaire de lin qui la recouvrait sur son lit de parade, dont elle retenait les plis sur sa poitrine, comme honteuse d'être si peu vêtue, mais sa petite main n'y suffisait pas; elle était si blanche, que la couleur de la draperie se confondait avec celle des chairs sous le pâle rayon de la lampe. Enveloppée de ce fin tissu qui trahissait tous les contours de son corps, elle ressemblait à une statue de marbre de baigneuse antique plutôt qu'à une femme douée de vie. Morte ou vivante, statue ou femme, ombre ou corps, sa beauté était toujours la même; seulement l'éclat vert de ses prunelles était un peu amorti, et sa bouche, si vermeille autrefois, n'était plus teintée que d'un rose faible et tendre presque semblable à celui de ses joues. Les petites fleurs bleues que j'avais remarquées dans ses cheveux étaient tout à fait sèches et avaient presque perdu toutes leurs feuilles; ce qui ne l'empêchait pas d'être charmante, si charmante que, malgré la singularité de l'aventure et la façon inexplicable dont elle était entrée dans la chambre, je n'eus pas un instant de frayeur.

Elle posa la lampe sur la table et s'assit sur le pied de mon lit, puis elle me dit en se penchant vers moi avec cette voix argentine et veloutée à la fois que je n'ai connue qu'à elle:

« Je me suis bien fait attendre, mon cher Romuald, et tu as dû croire que je t'avais oublié. Mais je viens de bien loin, et d'un endroit d'où personne n'est encore revenu : il n'y a ni lune ni soleil au pays d'où j'arrive ; ce n'est que de l'espace et de l'ombre ; ni chemin, ni sentier ; point de terre pour le pied, point d'air pour l'aile ; et pourtant me voici, car l'amour est plus fort que la mort, et il finira par la vaincre. Ah ! que de faces mornes et de choses terribles j'ai vues dans mon voyage ! Que de peine mon âme, rentrée dans ce monde par la puissance de la volonté, a eue pour retrouver son corps et s'y réinstaller ! Que d'efforts il m'a fallu faire avant de lever la dalle dont on m'avait couverte ! Tiens ! le dedans de mes pauvres mains en est tout meurtri. Baise-les pour les guérir, cher amour ! » Elle m'appliqua l'une après l'autre les paumes froides de ses mains sur la bouche ; je les baisai en effet plusieurs fois, et elle me regardait faire avec un sourire d'ineffable complaisance.

Je l'avoue à ma honte, j'avais totalement oublié les avis de l'abbé Sérapion et le caractère dont j'étais revêtu. J'étais tombé sans résistance et au premier assaut. Je n'avais pas même essayé de repousser le tentateur ; la fraîcheur de la peau de Clarimonde pénétrait la mienne, et je me sentais courir sur le corps de voluptueux frissons. La pauvre enfant ! malgré tout ce que j'en ai vu, j'ai peine à croire encore que ce fût un démon ; du moins elle n'en avait pas l'air, et jamais Satan n'a mieux caché ses griffes et ses cornes. Elle avait reployé ses talons sous elle et se tenait accroupie sur le bord de la couchette dans une position pleine de coquetterie nonchalante. De temps en temps elle passait sa petite main à travers mes cheveux et les roulait en boucles comme pour essayer à mon visage de nouvelles coiffures. Je me laissais faire avec la plus coupable complaisance, et elle accompagnait tout cela du plus charmant babil. Une chose remarquable, c'est que je n'éprouvais aucun étonnement d'une aventure aussi extraordinaire, et, avec cette facilité que l'on a dans la vision d'admettre comme fort simples les événements les plus bizarres, je ne voyais rien là que de parfaitement naturel.

« Je t'aimais bien longtemps avant de t'avoir vu, mon cher Romuald, et je te cherchais partout. Tu étais mon rêve, et je t'ai aperçu dans l'église au fatal moment ; j'ai dit tout de suite "C'est lui !" Je te jetai un regard où je mis tout l'amour que j'avais eu, que j'avais et que je devais avoir pour toi ; un regard à damner un cardinal, à faire agenouiller un roi à mes pieds devant toute sa cour. Tu restas impassible et tu me préféras ton Dieu.

« Ah ! que je suis jalouse de Dieu, que tu as aimé et que tu aimes encore plus que moi !

« Malheureuse, malheureuse que je suis ! je n'aurai jamais ton cœur à moi toute seule, moi que tu as ressuscitée d'un baiser, Clarimonde la morte, qui force à cause de toi les portes du tombeau et qui vient te consacrer une vie qu'elle n'a reprise que pour te rendre heureux ! »

Toutes ces paroles étaient entrecoupées de caresses délirantes qui étourdirent mes sens et ma raison au point que je ne craignis point pour la consoler de proférer un effroyable blasphème, et de lui dire que je l'aimais autant que Dieu.

Ses prunelles se ravivèrent et brillèrent comme des chrysoprases[1]. « Vrai ! bien vrai ! autant que Dieu ! dit-elle en m'enlaçant dans ses beaux bras. Puisque c'est ainsi, tu viendras avec moi, tu me suivras où je voudrai. Tu laisseras tes vilains habits noirs. Tu seras le plus fier et le plus envié des cavaliers, tu seras mon amant. Être l'amant avoué de Clarimonde, qui a refusé un pape, c'est beau, cela ! Ah ! la bonne vie bien heureuse, la belle existence

---

1. Pierre précieuse, de couleur vert pâle.

dorée que nous mènerons! Quand partons-nous, mon gentilhomme?

— Demain! demain! m'écriai-je dans mon délire.

— Demain, soit! reprit-elle. J'aurai le temps de changer de toilette, car celle-ci est un peu succincte et ne vaut rien pour le voyage. Il faut aussi que j'aille avertir mes gens qui me croient sérieusement morte et qui se désolent tant qu'ils peuvent. L'argent, les habits, les voitures, tout sera prêt; je te viendrai prendre à cette heure-ci. Adieu, cher cœur.» Et elle effleura mon front du bout de ses lèvres. La lampe s'éteignit, les rideaux se refermèrent, et je ne vis plus rien; un sommeil de plomb, un sommeil sans rêve s'appesantit sur moi et me tint engourdi jusqu'au lendemain matin. Je me réveillai plus tard que de coutume, et le souvenir de cette singulière vision m'agita toute la journée; je finis par me persuader que c'était une pure vapeur de mon imagination échauffée. Cependant les sensations avaient été si vives, qu'il était difficile de croire qu'elles n'étaient pas réelles, et ce ne fut pas sans quelque appréhension de ce qui allait arriver que je me mis au lit, après avoir prié Dieu d'éloigner de moi les mauvaises pensées et de protéger la chasteté de mon sommeil.

Je m'endormis bientôt profondément, et mon rêve se continua. Les rideaux s'écartèrent, et je vis Clarimonde, non pas, comme la première fois, pâle dans son pâle suaire et les violettes de la mort sur les joues, mais gaie, leste et pimpante, avec un superbe habit de voyage en velours vert orné de ganses[1] d'or et retroussé sur le côté pour laisser voir une jupe de satin. Ses cheveux blonds s'échappaient en grosses boucles de dessous un large chapeau de feutre noir chargé de plumes blanches capricieusement contournées; elle tenait à la main une petite cravache terminée par un

_____

1. Cordons.

sifflet d'or. Elle m'en toucha légèrement et me dit : « Eh bien ! beau dormeur, est-ce ainsi que vous faites vos préparatifs ? Je comptais vous trouver debout. Levez-vous bien vite, nous n'avons pas de temps à perdre. » Je sautai à bas du lit.

« Allons, habillez-vous et partons, dit-elle en me montrant du doigt un petit paquet qu'elle avait apporté ; les chevaux s'ennuient et rongent leur frein à la porte. Nous devrions déjà être à dix lieues d'ici. »

Je m'habillai en hâte, et elle me tendait elle-même les pièces du vêtement, en riant aux éclats de ma gaucherie, et en m'indiquant leur usage quand je me trompais. Elle donna du tour à mes cheveux, et, quand ce fut fait, elle me tendit un petit miroir de poche en cristal de Venise, bordé d'un filigrane d'argent, et me dit : « Comment te trouves-tu ? veux-tu me prendre à ton service comme valet de chambre ? »

Je n'étais plus le même, et je ne me reconnus pas. Je ne me ressemblais pas plus qu'une statue achevée ne ressemble à un bloc de pierre. Mon ancienne figure avait l'air de n'être que l'ébauche grossière de celle que réfléchissait le miroir. J'étais beau, et ma vanité fut sensiblement chatouillée de cette métamorphose. Ces élégants habits, cette riche veste brodée, faisaient de moi un tout autre personnage, et j'admirais la puissance de quelques aunes[1] d'étoffe taillées d'une certaine manière. L'esprit de mon costume me pénétrait la peau, et au bout de dix minutes j'étais passablement fat[2].

Je fis quelques tours par la chambre pour me donner de l'aisance. Clarimonde me regardait d'un air de complaisance

---

1. Ancienne unité de longueur qui servait pour mesurer les étoffes (environ 1,20 mètre).
2. Niais et satisfait de soi.

maternelle et paraissait très contente de son œuvre. « Voilà bien assez d'enfantillage, en route, mon cher Romuald ! nous allons loin et nous n'arriverons pas. » Elle me prit la main et m'entraîna. Toutes les portes s'ouvraient devant elle aussitôt qu'elle les touchait, et nous passâmes devant le chien sans l'éveiller.

À la porte, nous trouvâmes Margheritone ; c'était l'écuyer qui m'avait déjà conduit ; il tenait en bride trois chevaux noirs comme les premiers, un pour moi, un pour lui, un pour Clarimonde. Il fallait que ces chevaux fussent des genets d'Espagne, nés de juments fécondées par le zéphyr ; car ils allaient aussi vite que le vent, et la lune, qui s'était levée à notre départ pour nous éclairer, roulait dans le ciel comme une roue détachée de son char ; nous la voyions à notre droite sauter d'arbre en arbre et s'essouffler pour courir après nous. Nous arrivâmes bientôt dans une plaine où, auprès d'un bouquet d'arbres, nous attendait une voiture attelée de quatre vigoureuses bêtes ; nous y montâmes, et les postillons leur firent prendre un galop insensé. J'avais un bras passé derrière la taille de Clarimonde et une de ses mains ployée dans la mienne ; elle appuyait sa tête à mon épaule, et je sentais sa gorge demi nue frôler mon bras. Jamais je n'avais éprouvé un bonheur aussi vif. J'avais oublié tout en ce moment-là, et je ne me souvenais pas plus d'avoir été prêtre que de ce que j'avais fait dans le sein de ma mère, tant était grande la fascination que l'esprit malin exerçait sur moi. À dater de cette nuit, ma nature s'est en quelque sorte dédoublée, et il y eut en moi deux hommes dont l'un ne connaissait pas l'autre. Tantôt je me croyais un prêtre qui rêvait chaque soir qu'il était gentilhomme, tantôt un gentilhomme qui rêvait qu'il était prêtre. Je ne pouvais plus distinguer le songe de la veille, et je ne savais pas où commençait la réalité et où finissait l'illusion. Le jeune seigneur fat et libertin se raillait[1] du prêtre, le prêtre détestait les dissolutions[2] du jeune seigneur. Deux spirales enchevêtrées l'une dans l'autre et confondues sans se toucher jamais représentent très bien cette vie bicéphale qui fut la mienne. Malgré l'étrangeté de cette position, je ne crois pas avoir un seul instant touché à la folie. J'ai toujours conservé très nettes les perceptions de mes deux existences. Seulement, il y avait un fait absurde que je ne pouvais m'expliquer : c'est que le sentiment du même moi existât dans deux hommes si différents. C'était une anomalie dont je ne me rendais pas compte, soit que je crusse être le curé du petit village de ***, ou *il signor Romualdo*, amant en titre de la Clarimonde.

Toujours est-il que j'étais ou du moins que je croyais être à Venise ; je n'ai pu encore bien démêler ce qu'il y avait d'illusion et de réalité dans cette bizarre aventure. Nous habitions un grand palais de marbre sur le Canaleio, plein de fresques et de statues, avec deux Titiens du meilleur temps dans la chambre à coucher de la Clarimonde, un palais digne d'un roi. Nous avions chacun notre gondole et nos barcarolles[3] à notre livrée[4], notre chambre de musique et notre poète. Clarimonde entendait la vie d'une grande manière, et elle avait un peu de Cléopâtre dans sa nature. Quant à moi, je menais un train de fils de prince, et je faisais une poussière comme si j'eusse été de la famille de l'un des douze apôtres ou des quatre évangélistes de la sérénissime république[5] ; je ne me serais pas détourné de mon chemin

---

1. Se moquer.
2. Comportements contraires à la morale.
3. Chanson rythmée des gondoliers de Venise.
4. Portant des habits qui montrent qu'ils sont au service d'un seigneur.
5. Du Moyen Âge au XVIIIᵉ siècle, Venise a été une république.

pour laisser passer le doge[1], et je ne crois pas que, depuis Satan qui tomba du ciel, personne ait été plus orgueilleux et plus insolent que moi. J'allais au Ridotto, et je jouais un jeu d'enfer. Je voyais la meilleure société du monde, des fils de famille ruinés, des femmes de théâtre, des escrocs, des parasites et des spadassins[2]. Cependant, malgré la dissipation de cette vie, je restai fidèle à la Clarimonde. Je l'aimais éperdument. Elle eût réveillé la satiété même et fixé l'inconstance. Avoir Clarimonde, c'était avoir vingt maîtresses, c'était avoir toutes les femmes, tant elle était mobile, changeante et dissemblable d'elle-même ; un vrai caméléon ! Elle vous faisait commettre avec elle l'infidélité que vous eussiez commise avec d'autres, en prenant complètement le caractère, l'allure et le genre de beauté de la femme qui paraissait vous plaire. Elle me rendait mon amour au centuple, et c'est en vain que les jeunes patriciens et même les vieux du conseil des Dix[3] lui firent les plus magnifiques propositions. Un Foscari alla même jusqu'à lui proposer de l'épouser ; elle refusa tout. Elle avait assez d'or ; elle ne voulait plus que de l'amour, un amour jeune, pur, éveillé par elle, et qui devait être le premier et le dernier. J'aurais été parfaitement heureux sans un maudit cauchemar qui revenait toutes les nuits, et où je me croyais un curé de village se macérant[4] et faisant pénitence de mes excès du jour. Rassuré par l'habitude d'être avec elle, je ne songeais presque plus à la façon étrange dont j'avais fait connaissance avec Clarimonde. Cependant, ce qu'en avait dit l'abbé Sérapion me revenait

---

1. Magistrat le plus important de Venise.
2. Homme d'épée dont on louait les services pour être protégé ou pour tuer un adversaire.
3. Conseil chargé de veiller à la sûreté de l'État dans la république de Venise.
4. S'infliger des privations et des souffrances.

quelquefois en mémoire et ne laissait pas que de me donner de l'inquiétude.

Depuis quelque temps la santé de Clarimonde n'était pas aussi bonne ; son teint s'amortissait de jour en jour. Les médecins qu'on fit venir n'entendaient rien à sa maladie, et ils ne savaient qu'y faire. Ils prescrivirent quelques remèdes insignifiants et ne revinrent plus. Cependant elle pâlissait à vue d'œil et devenait de plus en plus froide. Elle était presque aussi blanche et aussi morte que la fameuse nuit dans le château inconnu. Je me désolais de la voir ainsi lentement dépérir. Elle, touchée de ma douleur, me souriait doucement et tristement avec le sourire fatal des gens qui savent qu'ils vont mourir.

Un matin, j'étais assis auprès de son lit, et je déjeunais sur une petite table pour ne la pas quitter d'une minute. En coupant un fruit, je me fis par hasard au doigt une entaille assez profonde. Le sang partit aussitôt en filets pourpres, et quelques gouttes rejaillirent sur Clarimonde. Ses yeux s'éclairèrent, sa physionomie prit une expression de joie féroce et sauvage que je ne lui avais jamais vue. Elle sauta à bas du lit avec une agilité animale, une agilité de singe ou de chat, et se précipita sur ma blessure qu'elle se mit à sucer avec un air d'indicible volupté. Elle avalait le sang par petites gorgées, lentement et précieusement, comme un gourmet qui savoure un vin de Xérès ou de Syracuse ; elle clignait les yeux à demi, et la pupille de ses prunelles vertes était devenue oblongue[1] au lieu de ronde. De temps à autre, elle s'interrompait pour me baiser la main, puis elle recommençait à presser de ses lèvres les lèvres de la plaie pour en faire sortir encore quelques gouttes rouges. Quand elle vit que le sang ne venait plus, elle se releva l'œil humide et brillant, plus rose qu'une aurore de mai, la figure pleine, la main

---

1. Allongée.

tiède et moite, enfin plus belle que jamais et dans un état parfait de santé.

« Je ne mourrai pas ! je ne mourrai pas ! dit-elle à moitié folle de joie et en se pendant à mon cou ; je pourrai t'aimer encore longtemps. Ma vie est dans la tienne, et tout ce qui est moi vient de toi. Quelques gouttes de ton riche et noble sang, plus précieux et plus efficace que tous les élixirs du monde, m'ont rendu l'existence. »

Cette scène me préoccupa longtemps et m'inspira d'étranges doutes à l'endroit de[1] Clarimonde, et le soir même, lorsque le sommeil m'eut ramené à mon presbytère, je vis l'abbé Sérapion plus grave et plus soucieux que jamais. Il me regarda attentivement et me dit : « Non content de perdre votre âme, vous voulez aussi perdre votre corps. Infortuné jeune homme, dans quel piège êtes-vous tombé ! » Le ton dont il me dit ce peu de mots me frappa vivement ; mais, malgré sa vivacité, cette impression fut bientôt dissipée, et mille autres soins l'effacèrent de mon esprit. Cependant, un soir, je vis dans ma glace, dont elle n'avait pas calculé la perfide position, Clarimonde qui versait une poudre dans la coupe de vin épicé qu'elle avait coutume de préparer après le repas. Je pris la coupe, je feignis d'y porter mes lèvres, et je la posai sur quelque meuble comme pour l'achever plus tard à mon loisir, et, profitant d'un instant où la belle avait le dos tourné, j'en jetai le contenu sous la table ; après quoi je me retirai dans ma chambre et je me couchai, bien déterminé à ne pas dormir et à voir ce que tout cela deviendrait. Je n'attendis pas longtemps ; Clarimonde entra en robe de nuit, et, s'étant débarrassée de ses voiles, s'allongea dans le lit auprès de moi. Quand elle se fut bien assurée que je dormais, elle découvrit mon

---

1. Sur Clarimonde, à l'égard de Clarimonde.

bras et tira une épingle d'or de sa tête; puis elle se mit à murmurer à voix basse :

« Une goutte, rien qu'une petite goutte rouge, un rubis au bout de mon aiguille!... Puisque tu m'aimes encore, il ne faut pas que je meure... Ah! pauvre amour! Ton beau sang d'une couleur pourpre si éclatante, je vais le boire. Dors, mon seul bien; dors, mon dieu, mon enfant; je ne te ferai pas de mal, je ne prendrai de ta vie que ce qu'il faudra pour ne pas laisser éteindre la mienne. Si je ne t'aimais pas tant, je pourrais me résoudre à avoir d'autres amants dont je tarirais les veines; mais depuis que je te connais, j'ai tout le monde en horreur... Ah! le beau bras! comme il est rond! comme il est blanc! Je n'oserai jamais piquer cette jolie veine bleue. » Et, tout en disant cela, elle pleurait, et je sentais pleuvoir ses larmes sur mon bras qu'elle tenait entre ses mains. Enfin elle se décida, me fit une petite piqûre avec son aiguille et se mit à pomper le sang qui en coulait. Quoiqu'elle en eût bu à peine quelques gouttes, la crainte de m'épuiser la prenant, elle m'entoura avec soin le bras d'une petite bandelette après avoir frotté la plaie d'un onguent qui la cicatrisa sur-le-champ.

Je ne pouvais plus avoir de doutes, l'abbé Sérapion avait raison. Cependant, malgré cette certitude, je ne pouvais m'empêcher d'aimer Clarimonde, et je lui aurais volontiers donné tout le sang dont elle avait besoin pour soutenir son existence factice. D'ailleurs, je n'avais pas grand'peur; la femme me répondait du vampire, et ce que j'avais entendu et vu me rassurait complètement; j'avais alors des veines plantureuses qui ne se seraient pas de sitôt épuisées, et je ne marchandais pas ma vie goutte à goutte. Je me serais ouvert le bras moi-même et je lui aurais dit : « Bois! et que mon amour s'infiltre dans ton corps avec mon sang! » J'évitais de faire la moindre allusion au narcotique qu'elle m'avait versé et à la scène de l'aiguille, et nous vivions dans le plus parfait accord. Pourtant mes scrupules de prêtre me tourmentaient plus que jamais, et je ne savais quelle macération nouvelle inventer pour mater et mortifier ma chair. Quoique toutes ces visions fussent involontaires et que je n'y participasse en rien, je n'osais pas toucher le Christ avec des mains aussi impures et un esprit souillé par de pareilles débauches réelles ou rêvées. Pour éviter de tomber dans ces fatigantes hallucinations, j'essayais de m'empêcher de dormir, je tenais mes paupières ouvertes avec les doigts et je restais debout au long des murs, luttant contre le sommeil de toutes mes forces ; mais le sable de l'assoupissement me roulait bientôt dans les yeux, et, voyant que toute lutte était inutile, je laissais tomber les bras de découragement et de lassitude, et le courant me réentraînait vers les rives perfides. Sérapion me faisait les plus véhémentes exhortations, et me reprochait durement ma mollesse et mon peu de ferveur. Un jour que j'avais été plus agité qu'à l'ordinaire, il me dit : « Pour vous débarrasser de cette obsession, il n'y a qu'un moyen, et, quoiqu'il soit extrême, il le faut employer : aux grands maux les grands remèdes. Je sais où Clarimonde a été enterrée ; il faut que nous la déterrions et que vous voyiez dans quel état pitoyable est l'objet de votre amour ; vous ne serez plus tenté de perdre votre âme pour un cadavre immonde dévoré des vers et près de tomber en poudre ; cela vous fera assurément rentrer en vous-même. » Pour moi, j'étais si fatigué de cette double vie, que j'acceptai : voulant savoir, une fois pour toutes, qui du prêtre ou du gentilhomme était dupe d'une illusion, j'étais décidé à tuer au profit de l'un ou de l'autre un des deux hommes qui étaient en moi ou à les tuer tous deux, car une pareille vie ne pouvait durer. L'abbé Sérapion se munit d'une pioche, d'un levier et d'une lanterne, et à minuit nous nous dirigeâmes vers le cimetière de ***, dont il connaissait parfaite-

ment le gisement et la disposition. Après avoir porté la
lumière de la lanterne sourde sur les inscriptions de plusieurs tombeaux, nous arrivâmes enfin à une pierre à moitié
cachée par les grandes herbes et dévorée de mousses et de
plantes parasites, où nous déchiffrâmes ce commencement
d'inscription :

> *Ici gît Clarimonde*
> *Qui fut de son vivant*
> *La plus belle du monde.*

. . . .

« C'est bien ici », dit Sérapion, et, posant à terre sa
lanterne, il glissa la pince dans l'interstice de la pierre et
commença à la soulever. La pierre céda, et il se mit à
l'ouvrage avec la pioche. Moi, je le regardais faire, plus noir
et plus silencieux que la nuit elle-même ; quant à lui, courbé
sur son œuvre funèbre, il ruisselait de sueur, il haletait, et
son souffle pressé avait l'air d'un râle d'agonisant. C'était un
spectacle étrange, et qui nous eût vus du dehors nous eût
plutôt pris pour des profanateurs et des voleurs de linceuls,
que pour des prêtres de Dieu. Le zèle de Sérapion avait
quelque chose de dur et de sauvage qui le faisait ressembler
à un démon plutôt qu'à un apôtre ou à un ange, et sa figure
aux grands traits austères et profondément découpés par le
reflet de la lanterne n'avait rien de très rassurant. Je me
sentais perler sur les membres une sueur glaciale, et mes
cheveux se redressaient douloureusement sur ma tête ; je
regardais au fond de moi-même l'action du sévère Sérapion
comme un abominable sacrilège, et j'aurais voulu que du
flanc des sombres nuages qui roulaient pesamment au-dessus
de nous sortît un triangle de feu qui le réduisît en poudre.
Les hiboux perchés sur les cyprès, inquiétés par l'éclat de la
lanterne, en venaient fouetter lourdement la vitre avec

leurs ailes poussiéreuses, en jetant des gémissements plaintifs ; les renards glapissaient dans le lointain, et mille bruits sinistres se dégageaient du silence. Enfin la pioche de Sérapion heurta le cercueil dont les planches retentirent avec un bruit sourd et sonore, avec ce terrible bruit que rend le néant quand on y touche ; il en renversa le couvercle, et j'aperçus Clarimonde pâle comme un marbre, les mains jointes ; son blanc suaire ne faisait qu'un seul pli de sa tête à ses pieds. Une petite goutte rouge brillait comme une rose au coin de sa bouche décolorée. Sérapion, à cette vue, entra en fureur : «Ah ! te voilà, démon, courtisane impudique, buveuse de sang et d'or ! » et il aspergea d'eau bénite le corps et le cercueil sur lequel il traça la forme d'une croix avec son goupillon. La pauvre Clarimonde n'eut pas été plus tôt touchée par la sainte rosée que son beau corps tomba en poussière ; ce ne fut plus qu'un mélange affreusement informe de cendres et d'os à demi calcinés. «Voilà votre maîtresse, seigneur Romuald, dit l'inexorable prêtre en me montrant ces tristes dépouilles, serez-vous encore tenté d'aller vous promener au Lido et à Fusine[1] avec votre beauté ? » Je baissai la tête ; une grande ruine venait de se faire au-dedans de moi. Je retournai à mon presbytère, et le seigneur Romuald, amant de Clarimonde, se sépara du pauvre prêtre, à qui il avait tenu pendant si longtemps une si étrange compagnie. Seulement, la nuit suivante, je vis Clarimonde ; elle me dit, comme la première fois sous le portail de l'église : «Malheureux ! malheureux ! qu'as-tu fait ? Pourquoi as-tu écouté ce prêtre imbécile ? n'étais-tu pas heureux ? et que t'avais-je fait, pour violer ma pauvre tombe et mettre à nu les misères de mon néant ? Toute communication entre nos âmes et nos corps est rompue désormais.

---

1. Lieux de promenades à Venise.

Adieu, tu me regretteras.» Elle se dissipa dans l'air comme une fumée, et je ne la revis plus.

Hélas! elle a dit vrai: je l'ai regrettée plus d'une fois et je la regrette encore. La paix de mon âme a été bien chèrement achetée; l'amour de Dieu n'était pas de trop pour remplacer le sien. Voilà, frère, l'histoire de ma jeunesse. Ne regardez jamais une femme, et marchez toujours les yeux fixés en terre, car, si chaste et si calme que vous soyez, il suffit d'une minute pour vous faire perdre l'éternité.

Le Chevalier double

Qui rend donc la blonde Edwige si triste ? que fait-elle assise à l'écart, le menton dans sa main et le coude au genou, plus morne[1] que le désespoir, plus pâle que la statue d'albâtre[2] qui pleure sur un tombeau ?

Du coin de sa paupière une grosse larme roule sur le duvet de sa joue, une seule, mais qui ne tarit[3] jamais ; comme cette goutte d'eau qui suinte des voûtes du rocher et qui à la longue use le granit, cette seule larme, en tombant sans relâche de ses yeux sur son cœur, l'a percé et traversé à jour.

Edwige, blonde Edwige, ne croyez-vous plus à Jésus-Christ le doux Sauveur ? doutez-vous de l'indulgence de la très sainte Vierge Marie ? Pourquoi portez-vous sans cesse à votre flanc vos petites mains diaphanes, amaigries et fluettes comme celles des Elfes et des Willis[4] ? Vous allez être mère ; c'était votre plus cher vœu ; votre noble époux, le comte Lodbrog, a promis un autel d'argent massif, un ciboire[5] d'or fin à l'église de Saint-Euthbert si vous lui donniez un fils.

---

1. Triste.
2. Pierre blanche.
3. S'arrête de couler.
4. Esprits féminins de la mythologie slave.
5. Coupe sacrée.

Hélas ! hélas ! la pauvre Edwige a le cœur percé des sept glaives de la douleur[1] ; un terrible secret pèse sur son âme. Il y a quelques mois, un étranger est venu au château ; il faisait un terrible temps cette nuit-là : les tours tremblaient dans leur charpente, les girouettes piaulaient, le feu rampait dans la cheminée, et le vent frappait à la vitre comme un importun qui veut entrer.

L'étranger était beau comme un ange, mais comme un ange tombé[2] ; il souriait doucement et regardait doucement, et pourtant ce regard et ce sourire vous glaçaient de terreur et vous inspiraient l'effroi qu'on éprouve en se penchant sur un abîme. Une grâce scélérate[3], une langueur perfide comme celle du tigre qui guette sa proie, accompagnaient tous ses mouvements ; il charmait à la façon du serpent qui fascine l'oiseau.

Cet étranger était un maître chanteur ; son teint bruni montrait qu'il avait vu d'autres cieux ; il disait venir du fond de la Bohême[4], et demandait l'hospitalité pour cette nuit-là seulement.

Il resta cette nuit, et encore d'autres jours et encore d'autres nuits, car la tempête ne pouvait s'apaiser, et le vieux château s'agitait sur ses fondements comme si la rafale eût voulu le déraciner et faire tomber sa couronne de créneaux dans les eaux écumeuses du torrent.

Pour charmer le temps, il chantait d'étranges poésies qui troublaient le cœur et donnaient des idées furieuses, tout le temps qu'il chantait, un corbeau noir vernissé, luisant comme le jais, se tenait sur son épaule ; il battait la mesure avec son

---

1. Référence à la Vierge Marie victime de sept douleurs, parmi lesquelles on peut citer la fuite en Égypte qui précède la naissance de Jésus ou la vision du Christ sur la Croix.
2. Ange exilé du Paradis parce qu'il s'est rebellé comme le diable.
3. Traître.
4. Région située aujourd'hui en République tchèque.

bec d'ébène, et semblait applaudir en secouant ses ailes.
— Edwige pâlissait, pâlissait comme les lis du clair de lune ;
Edwige rougissait, rougissait comme les roses de l'aurore,
et se laissait aller en arrière dans son grand fauteuil, languissante[1], à demi morte, enivrée comme si elle avait respiré le
parfum fatal de ces fleurs qui font mourir.

Enfin le maître chanteur put partir ; un petit sourire bleu
venait de dérider la face du ciel. Depuis ce jour, Edwige,
la blonde Edwige ne fait que pleurer dans l'angle de la
fenêtre.

Edwige est mère ; elle a un bel enfant tout blanc et tout
vermeil. Le vieux comte Lodbrog a commandé au fondeur[2]
l'autel d'argent massif, et il a donné mille pièces d'or à l'orfèvre[3] dans une bourse de peau de renne pour fabriquer le
ciboire ; il sera large et lourd, et tiendra une grande mesure
de vin. Le prêtre qui le videra pourra dire qu'il est un bon
buveur.

L'enfant est tout blanc et tout vermeil, mais il a le regard
noir de l'étranger : sa mère l'a bien vu. Ah ! pauvre Edwige !
pourquoi avez-vous tant regardé l'étranger avec sa harpe et
son corbeau ?…

Le chapelain ondoie[4] l'enfant ; on lui donne le nom d'Oluf,
un bien beau nom ! Le mire[5] monte sur la plus haute tour
pour lui tirer l'horoscope.

Le temps était clair et froid : comme une mâchoire de
loup cervier[6] aux dents aiguës et blanches, une découpure
de montagnes couvertes de neige mordait le bord de la

---

1. Faible.
2. Ouvrier qui travaille le métal en fusion.
3. Fabricant d'objets précieux.
4. Baptise.
5. Médecin (terme du Moyen Âge).
6. Lynx.

robe du ciel ; les étoiles larges et pâles brillaient dans la crudité bleue de la nuit comme des soleils d'argent.

Le mire prend la hauteur, remarque l'année, le jour et la minute ; il fait de longs calculs en encre rouge sur un long parchemin tout constellé de signes cabalistiques[1] ; il rentre dans son cabinet, et remonte sur la plate-forme, il ne s'est pourtant pas trompé dans ses supputations[2], son thème de nativité est juste comme un trébuchet[3] à peser les pierres fines ; cependant il recommence : il n'a pas fait d'erreur.

Le petit comte Oluf a une étoile double, une verte et une rouge, verte comme l'espérance, rouge comme l'enfer ; l'une favorable, l'autre désastreuse. Cela s'est-il jamais vu qu'un enfant ait une étoile double ?

Avec un air grave et compassé[4] le mire rentre dans la chambre de l'accouchée et dit, en passant sa main osseuse dans les flots de sa grande barbe de mage :

« Comtesse Edwige, et vous, comte Lodbrog, deux influences ont présidé à la naissance d'Oluf, votre précieux fils : l'une bonne, l'autre mauvaise ; c'est pourquoi il a une étoile verte et une étoile rouge. Il est soumis à un double ascendant ; il sera très heureux ou très malheureux, je ne sais lequel ; peut-être tous les deux à la fois. »

Le comte Lodbrog répondit au mire : « L'étoile verte l'emportera. » Mais Edwige craignait dans son cœur de mère que ce ne fût la rouge. Elle remit son menton dans sa main, son coude sur son genou, et recommença à pleurer dans le coin de la fenêtre. Après avoir allaité son enfant, son unique occupation était de regarder à travers la vitre la neige descendre en flocons drus et pressés, comme si l'on eût

---

1. Signes mystérieux.
2. Calculs.
3. Petite balance.
4. Retenu, non naturel.

plumé là-haut les ailes blanches de tous les anges et de tous les chérubins[1].

De temps en temps un corbeau passait devant la vitre, croassant et secouant cette poussière argentée. Cela faisait penser Edwige au corbeau singulier qui se tenait toujours sur l'épaule de l'étranger au doux regard de tigre, au charmant sourire de vipère.

Et ses larmes tombaient plus vite de ses yeux sur son cœur, sur son cœur percé à jour.

Le jeune Oluf est un enfant bien étrange : on dirait qu'il y a dans sa petite peau blanche et vermeille deux enfants d'un caractère différent ; un jour il est bon comme un ange, un autre jour il est méchant comme un diable, il mord le sein de sa mère, et déchire à coups d'ongles le visage de sa gouvernante.

Le vieux comte Lodbrog, souriant dans sa moustache grise, dit qu'Oluf fera un bon soldat et qu'il a l'humeur belliqueuse. Le fait est qu'Oluf est un petit drôle insupportable : tantôt il pleure, tantôt il rit ; il est capricieux comme la lune, fantasque[2] comme une femme ; il va, vient, s'arrête tout à coup sans motif apparent, abandonne ce qu'il avait entrepris et fait succéder à la turbulence la plus inquiète l'immobilité la plus absolue ; quoiqu'il soit seul, il paraît converser avec un interlocuteur invisible ! Quand on lui demande la cause de toutes ces agitations, il dit que l'étoile rouge le tourmente.

Oluf a bientôt quinze ans. Son caractère devient de plus en plus inexplicable ; sa physionomie, quoique parfaitement belle, est d'une expression embarrassante ; il est blond comme sa mère, avec tous les traits de la race du Nord ; mais sous son front blanc comme la neige que n'a rayée encore ni le

---

1. Anges.
2. Imprévisible.

patin du chasseur ni maculée[1] le pied de l'ours, et qui est
bien le front de la race antique des Lodbrog, scintille entre
deux paupières orangées un œil aux longs cils noirs, un œil
de jais illuminé des fauves ardeurs de la passion italienne, un
regard velouté, cruel et doucereux[2] comme celui du maître
chanteur de Bohême.

Comme les mois s'envolent, et plus vite encore les
années ! Edwige repose maintenant sous les arches téné-
breuses du caveau des Lodbrog, à côté du vieux comte,
souriant, dans son cercueil, de ne pas voir son nom périr.
Elle était déjà si pâle que la mort ne l'a pas beaucoup changée.
Sur son tombeau il y a une belle statue couchée, les mains
jointes, et les pieds sur une levrette[3] de marbre, fidèle
compagnie des trépassés. Ce qu'a dit Edwige à sa dernière
heure, nul ne le sait, mais le prêtre qui la confessait est
devenu plus pâle encore que la mourante.

Oluf, le fils brun et blond d'Edwige la désolée, a vingt ans
aujourd'hui. Il est très adroit à tous les exercices ; nul ne
tire mieux l'arc que lui ; il refend la flèche qui vient de se
planter en tremblant dans le cœur du but ; sans mors ni
éperon il dompte les chevaux les plus sauvages.

Il n'a jamais impunément regardé une femme ou une
jeune fille ; mais aucune de celles qui l'ont aimé n'a été heureuse. L'inégalité fatale de son caractère s'oppose à toute
réalisation de bonheur entre une femme et lui. Une seule
de ses moitiés ressent de la passion, l'autre éprouve de la
haine ; tantôt l'étoile verte l'emporte, tantôt l'étoile rouge.
Un jour il vous dit : « Ô blanches vierges du Nord, étince-
lantes et pures comme les glaces du pôle ; prunelles de clair

---

1. Salie.
2. D'une douceur hypocrite.
3. Chienne que l'on plaçait au pied des sculptures mortuaires de
femmes en symbole de fidélité.

de lune ; joues nuancées des fraîcheurs de l'aurore boréale ! »
Et l'autre jour il s'écriait : « Ô filles d'Italie, dorées par le
soleil et blondes comme l'orange ! cœurs de flamme dans
des poitrines de bronze ! » Ce qu'il y a de plus triste, c'est
qu'il est sincère dans les deux exclamations.

Hélas ! pauvres désolées, tristes ombres plaintives, vous
ne l'accusez même pas, car vous savez qu'il est plus malheureux que vous ; son cœur est un terrain sans cesse foulé par
les pieds de deux lutteurs inconnus, dont chacun, comme
dans le combat de Jacob et de l'Ange[1], cherche à dessécher[2]
le jarret de son adversaire.

Si l'on allait au cimetière, sous les larges feuilles veloutées
du verbascum aux profondes découpures, sous l'asphodèle
aux rameaux d'un vert malsain, dans la folle avoine et les
orties, l'on trouverait plus d'une pierre abandonnée où la
rosée du matin répand seule ses larmes. Mina, Dora, Thécla !
la terre est-elle bien lourde à vos seins délicats et à vos
corps charmants ?

Un jour Oluf appelle Dietrich, son fidèle écuyer ; il lui dit
de seller son cheval.

« Maître, regardez comme la neige tombe, comme le vent
siffle et fait ployer jusqu'à terre la cime des sapins ; n'en-
tendez-vous pas dans le lointain hurler les loups maigres et
bramer ainsi que des âmes en peine les rennes à l'agonie ?

— Dietrich, mon fidèle écuyer, je secouerai la neige
comme on fait d'un duvet qui s'attache au manteau, je passerai sous l'arceau des sapins en inclinant un peu l'aigrette[3]
de mon casque. Quant aux loups, leurs griffes s'émousse-
ront sur cette bonne armure, et du bout de mon épée
fouillant la glace, je découvrirai au pauvre renne, qui geint et

---

1. Référence à un épisode de la Genèse.
2. Épuiser, affaiblir.
3. Bouquet de plumes.

pleure à chaudes larmes, la mousse fraîche et fleurie qu'il ne peut atteindre. »

Le comte Oluf de Lodbrog, car tel est son titre depuis que le vieux comte est mort, part sur son bon cheval, accompagné de ses deux chiens géants, Murg et Fenris, car le jeune seigneur aux paupières couleur d'orange a un rendez-vous, et déjà peut-être, du haut de la petite tourelle aiguë en forme de poivrière [1], se penche sur le balcon sculpté, malgré le froid et la bise, la jeune fille inquiète, cherchant à démêler dans la blancheur de la plaine le panache du chevalier.

Oluf, sur son grand cheval à formes d'éléphant, dont il laboure les flancs à coups d'éperon, s'avance dans la campagne ; il traverse le lac, dont le froid n'a fait qu'un seul bloc de glace, où les poissons sont enchâssés [2], les nageoires étendues, comme des pétrifications dans la pâte du marbre ; les quatre fers du cheval, armés de crochets, mordent solidement la dure surface ; un brouillard, produit par sa sueur et sa respiration, l'enveloppe et le suit ; on dirait qu'il galope dans un nuage ; les deux chiens, Murg et Fenris, soufflent, de chaque côté de leur maître, par leurs naseaux sanglants, de longs jets de fumée comme des animaux fabuleux.

Voici le bois de sapins ; pareils à des spectres, ils étendent leurs bras appesantis chargés de nappes blanches ; le poids de la neige courbe les plus jeunes et les plus flexibles : on dirait une suite d'arceaux d'argent. La noire terreur habite dans cette forêt, où les rochers affectent des formes monstrueuses, où chaque arbre, avec ses racines, semble couver à ses pieds un nid de dragons engourdis. Mais Oluf ne connaît pas la terreur.

Le chemin se resserre de plus en plus, les sapins croisent

---

1. Tour ronde surmontée d'un toit conique.
2. Incrustés.

inextricablement[1] leurs branches lamentables ; à peine de
rares éclaircies permettent-elles de voir la chaîne de collines
neigeuses qui se détachent en blanches ondulations sur le
ciel noir et terne.

Heureusement Mopse est un vigoureux coursier qui por-
terait sans plier Odin[2] le gigantesque ; nul obstacle ne l'arrête ;
il saute par-dessus les rochers, il enjambe les fondrières[3], et
de temps en temps il arrache aux cailloux que son sabot
heurte sous la neige une aigrette d'étincelles aussitôt
éteintes.

«Allons, Mopse, courage ! tu n'as plus à traverser que la
petite plaine et le bois de bouleaux ; une jolie main cares-
sera ton col satiné, et dans une écurie bien chaude tu man-
geras de l'orge mondée[4] et de l'avoine à pleine mesure.»

Quel charmant spectacle que le bois de bouleaux ! toutes
les branches sont ouatées d'une peluche de givre, les plus
petites brindilles se dessinent en blanc sur l'obscurité de
l'atmosphère : on dirait une immense corbeille de filigrane,
un madrépore[5] d'argent, une grotte avec toutes ses stalac-
tites ; les ramifications et les fleurs bizarres dont la gelée
étame les vitres n'offrent pas des dessins plus compliqués et
plus variés.

«Seigneur Oluf, que vous avez tardé ! j'avais peur que
l'ours de la montagne vous eût barré le chemin ou que les
elfes vous eussent invité à danser, dit la jeune châtelaine en
faisant asseoir Oluf sur le fauteuil de chêne dans l'intérieur
de la cheminée. Mais pourquoi êtes-vous venu au rendez-
vous d'amour avec un compagnon ? Aviez-vous donc peur
de passer tout seul par la forêt ?

---

1. De telle façon qu'on ne peut pas les démêler.
2. Dieu principal de la mythologie nordique.
3. Trou dans un chemin, souvent plein de boue.
4. Émondée, nettoyée.
5. Corail.

— De quel compagnon voulez-vous parler, fleur de mon âme ? dit Oluf très surpris à la jeune châtelaine.

— Du chevalier à l'étoile rouge que vous menez toujours avec vous. Celui qui est né d'un regard du chanteur bohémien, l'esprit funeste qui vous possède ; défaites-vous du chevalier à l'étoile rouge, ou je n'écouterai jamais vos propos d'amour ; je ne puis être la femme de deux hommes à la fois. »

Oluf eut beau faire et beau dire, il ne put seulement parvenir à baiser le petit doigt rose de la main de Brenda ; il s'en alla fort mécontent et résolu à combattre le chevalier à l'étoile rouge s'il pouvait le rencontrer.

Malgré l'accueil sévère de Brenda, Oluf reprit le lendemain la route du château à tourelles en forme de poivrière : les amoureux ne se rebutent[1] pas aisément.

Tout en cheminant il se disait : « Brenda sans doute est folle ; et que veut-elle dire avec son chevalier à l'étoile rouge ? »

La tempête était des plus violentes ; la neige tourbillonnait et permettait à peine de distinguer la terre du ciel. Une spirale de corbeaux, malgré les abois de Fenris et de Murg, qui sautaient en l'air pour les saisir, tournoyait sinistrement au-dessus du panache d'Oluf. À leur tête était le corbeau luisant comme le jais qui battait la mesure sur l'épaule du chanteur bohémien.

Fenris et Murg s'arrêtent subitement : leurs naseaux mobiles hument l'air avec inquiétude ; ils subodorent[2] la présence d'un ennemi. Ce n'est point un loup ni un renard ; un loup et un renard ne seraient qu'une bouchée pour ces braves chiens.

Un bruit de pas se fait entendre, et bientôt paraît au

---

1. Ne se découragent pas.
2. Flairent.

détour du chemin un chevalier monté sur un cheval de grande taille et suivi de deux chiens énormes.

Vous l'auriez pris pour Oluf. Il était armé exactement de même, avec un surcot historié[1] du même blason ; seulement il portait sur son casque une plume rouge au lieu d'une verte. La route était si étroite qu'il fallait que l'un des deux chevaliers reculât.

« Seigneur Oluf, reculez-vous pour que je passe, dit le chevalier à la visière baissée. Le voyage que je fais est un long voyage ; on m'attend, il faut que j'arrive.

— Par la moustache de mon père, c'est vous qui reculerez. Je vais à un rendez-vous d'amour, et les amoureux sont pressés », répondit Oluf en portant la main sur la garde de son épée.

L'inconnu tira la sienne, et le combat commença. Les épées, en tombant sur les mailles d'acier, en faisaient jaillir des gerbes d'étincelles pétillantes ; bientôt, quoique d'une trempe[2] supérieure, elles furent ébréchées comme des scies. On eût pris les combattants, à travers la fumée de leurs chevaux et la brume de leur respiration haletante, pour deux noirs forgerons acharnés sur un fer rouge. Les chevaux, animés de la même rage que leurs maîtres, mordaient à belles dents leurs cous veineux, et s'enlevaient des lambeaux de poitrail ; ils s'agitaient avec des soubresauts furieux, se dressaient sur leurs pieds de derrière, et se servant de leurs sabots comme de poings fermés, ils se portaient des coups terribles pendant que leurs cavaliers se martelaient affreusement par-dessus leurs têtes ; les chiens n'étaient qu'une morsure et qu'un hurlement.

Les gouttes de sang, suintant à travers les écailles imbriquées des armures et tombant toutes tièdes sur la neige, y

---

1. Vêtement décoré de personnages formant des scènes.
2. Qualité d'un métal.

faisaient de petits trous roses. Au bout de peu d'instants, l'on aurait dit un crible[1], tant les gouttes tombaient fréquentes et pressées. Les deux chevaliers étaient blessés.

Chose étrange, Oluf sentait les coups qu'il portait au chevalier inconnu ; il souffrait des blessures qu'il faisait et de celles qu'il recevait : il avait éprouvé un grand froid dans la poitrine, comme d'un fer qui entrerait et chercherait le cœur, et pourtant sa cuirasse n'était pas faussée à l'endroit du cœur : sa seule blessure était un coup dans les chairs au bras droit. Singulier duel, où le vainqueur souffrait autant que le vaincu, où donner et recevoir était une chose indifférente.

Ramassant ses forces, Oluf fit voler d'un revers le terrible heaume de son adversaire. Ô terreur ! que vit le fils d'Edwige et de Lodbrog ? il se vit lui-même devant lui : un miroir eût été moins exact. Il s'était battu avec son propre spectre, avec le chevalier à l'étoile rouge ; le spectre jeta un grand cri et disparut.

La spirale de corbeaux remonta dans le ciel et le brave Oluf continua son chemin ; en revenant le soir à son château, il portait en croupe la jeune châtelaine, qui cette fois avait bien voulu l'écouter. Le chevalier à l'étoile rouge n'étant plus là, elle s'était décidée à laisser tomber de ses lèvres de rose, sur le cœur d'Oluf, cet aveu qui coûte tant à la pudeur. La nuit était claire et bleue, Oluf leva la tête pour chercher sa double étoile et la faire voir à sa fiancée : il n'y avait plus que la verte, la rouge avait disparu.

En entrant, Brenda, tout heureuse de ce prodige qu'elle attribuait à l'amour, fit remarquer au jeune Oluf que le jais de ses yeux s'était changé en azur, signe de réconciliation céleste. Le vieux Lodbrog en sourit d'aise sous sa moustache blanche au fond de son tombeau ; car, à vrai dire, quoiqu'il

---

1. Passoire.

n'en eût rien témoigné, les yeux d'Oluf l'avaient quelquefois fait réfléchir. L'ombre d'Edwige est toute joyeuse, car l'enfant du noble seigneur Lodbrog a enfin vaincu l'influence maligne de l'œil orange, du corbeau noir et de l'étoile rouge : l'homme a terrassé l'incube[1].

Cette histoire montre comme un seul moment d'oubli, un regard même innocent, peuvent avoir d'influence.

Jeunes femmes, ne jetez jamais les yeux sur les maîtres chanteurs de Bohême, qui récitent des poésies enivrantes et diaboliques. Vous, jeunes filles, ne vous fiez qu'à l'étoile verte ; et vous qui avez le malheur d'être double, combattez bravement, quand même vous devriez frapper sur vous et vous blesser de votre propre épée, l'adversaire intérieur, le méchant chevalier.

Si vous demandez qui nous a apporté cette légende de Norwége, c'est un cygne ; un bel oiseau au bec jaune, qui a traversé le fjord[2], moitié nageant, moitié volant.

---

1. Démon masculin.
2. Vallée envahie par la mer, caractéristique des côtes des pays nordiques.

Le Pied de momie

J'étais entré par désœuvrement chez un de ces marchands de curiosités dits marchands de bric-à-brac dans l'argot parisien, si parfaitement inintelligible pour le reste de la France.

Vous avez sans doute jeté l'œil, à travers le carreau, dans quelques-unes de ces boutiques devenues si nombreuses depuis qu'il est de mode d'acheter des meubles anciens, et que le moindre agent de change se croit obligé d'avoir sa chambre Moyen Âge.

C'est quelque chose qui tient à la fois de la boutique du ferrailleur, du magasin du tapissier, du laboratoire de l'alchimiste et de l'atelier du peintre ; dans ces antres[1] mystérieux où les volets filtrent un prudent demi-jour, ce qu'il y a de plus notoirement ancien, c'est la poussière ; les toiles d'araignées y sont plus authentiques que les guipures[2], et le vieux poirier y est plus jeune que l'acajou arrivé hier d'Amérique.

Le magasin de mon marchand de bric-à-brac était un véritable capharnaüm[3] ; tous les siècles et tous les pays semblaient s'y être donné rendez-vous ; une lampe étrusque

---

1. Cavernes.
2. Dentelles.
3. Désigne un endroit où beaucoup d'objets sont entassés, en désordre.

de terre rouge posait sur une armoire de Boule[1], aux panneaux d'ébène sévèrement rayés de filaments de cuivre ; une duchesse[2] du temps de Louis XV allongeait nonchalamment ses pieds de biche sous une épaisse table du règne de Louis XIII, aux lourdes spirales de bois de chêne, aux sculptures entremêlées de feuillages et de chimères.

Une armure damasquinée[3] de Milan faisait miroiter dans un coin le ventre rubané de sa cuirasse ; des amours et des nymphes de biscuit[4], des magots[5] de la Chine, des cornets de céladon[6] et de craquelé, des tasses de Saxe et de vieux Sèvres encombraient les étagères et les encoignures.

Sur les tablettes denticulées des dressoirs, rayonnaient d'immenses plats du Japon, aux dessins rouges et bleus, relevés de hachures d'or, côte à côte avec des émaux de Bernard Palissy[7], représentant des couleuvres, des grenouilles et des lézards en relief.

Des armoires éventrées s'échappaient des cascades de lampas[8] glacé d'argent, des flots de brocatelle[9] criblée de grains lumineux par un oblique rayon de soleil ; des portraits de toutes les époques souriaient à travers leur vernis jaune dans des cadres plus ou moins fanés.

Le marchand me suivait avec précaution dans le tortueux passage pratiqué entre les piles de meubles, abattant de la main l'essor hasardeux des basques[10] de mon habit, sur-

---

1. Ébéniste célèbre du XVIIᵉ siècle.
2. Sorte de fauteuil.
3. Décorée de filets d'or ou d'argent.
4. Porcelaine blanche qui imite le marbre.
5. Bibelot représentant un personnage plus ou moins grotesque.
6. Porcelaine émaillée de couleur verte.
7. Céramiste qui a découvert au XVIᵉ siècle comment fabriquer des émaux.
8. Étoffe de soie.
9. Étoffe.
10. Partie d'un manteau sous la taille.

veillant mes coudes avec l'attention inquiète de l'antiquaire
et de l'usurier[1].

C'était une singulière figure que celle du marchand : un
crâne immense, poli comme un genou, entouré d'une maigre
auréole de cheveux blancs que faisait ressortir plus vivement le ton saumon-clair de la peau, lui donnait un faux air
de bonhomie patriarcale, corrigée, du reste, par le scintille-
ment de deux petits yeux jaunes qui tremblotaient dans
leur orbite comme deux louis d'or sur du vif-argent[2]. La
courbure du nez avait une silhouette aquiline qui rappelait
le type oriental ou juif[3]. Ses mains, maigres, fluettes, veinées,
pleines de nerfs en saillie comme les cordes d'un manche à
violon, onglées de griffes semblables à celles qui terminent
les ailes membraneuses des chauves-souris, avaient un mouvement d'oscillation sénile, inquiétant à voir ; mais ces mains
agitées de tics fiévreux devenaient plus fermes que des
tenailles d'acier ou des pinces de homard dès qu'elles soule-
vaient quelque objet précieux, une coupe d'onyx[4], un verre
de Venise ou un plateau de cristal de Bohême ; ce vieux
drôle avait un air si profondément rabbinique[5] et cabalis-
tique qu'on l'eût brûlé sur la mine, il y a trois siècles.

« Ne m'achèterez-vous rien aujourd'hui, monsieur ? Voilà
un kriss[6] malais dont la lame ondule comme une flamme ;
regardez ces rainures pour égoutter le sang, ces dentelures
pratiquées en sens inverse pour arracher les entrailles en
retirant le poignard ; c'est une arme féroce, d'un beau

---

1. Homme qui prête de l'argent pour gagner des intérêts.
2. Ancien nom du mercure.
3. Au XIXe siècle, l'antisémitisme était répandu et les textes font
écho des croyances communes sur le physique ou sur la prétendue
avarice des juifs.
4. Pierre précieuse.
5. Qui fait penser à un rabbin, religieux juif.
6. Long poignard.

caractère et qui ferait très bien dans votre trophée; cette épée à deux mains est très belle, elle est de Josepe de la Hera[1], et cette cauchelimarde à coquille fenestrée[2], quel superbe travail!

— Non, j'ai assez d'armes et d'instruments de carnage; je voudrais une figurine, un objet quelconque qui pût me servir de serre-papier, car je ne puis souffrir tous ces bronzes de pacotille que vendent les papetiers, et qu'on retrouve invariablement sur tous les bureaux.»

Le vieux gnome, furetant dans ses vieilleries, étala devant moi des bronzes antiques ou soi-disant tels, des morceaux de malachite[3], de petites idoles hindoues ou chinoises, espèce de poussahs[4] de jade, incarnation de Brahma ou de Wishnou[5] merveilleusement propre à cet usage, assez peu divin, de tenir en place des journaux et des lettres.

J'hésitais entre un dragon de porcelaine tout constellé de verrues, la gueule ornée de crocs et de barbelures, et un petit fétiche mexicain fort abominable, représentant au naturel le dieu Witziliputzili, quand j'aperçus un pied charmant que je pris d'abord pour un fragment de Vénus antique.

Il avait ces belles teintes fauves et rousses qui donnent au bronze florentin cet aspect chaud et vivace, si préférable au ton vert-de-grisé des bronzes ordinaires qu'on prendrait volontiers pour des statues en putréfaction: des luisants satinés frissonnaient sur ses formes rondes et polies par les baisers amoureux de vingt siècles; car ce devait être un airain[6] de Corinthe, un ouvrage du meilleur temps, peut-être une fonte de Lysippe[7]!

---

1. Armurier espagnol.
2. Épée.
3. Pierre verte.
4. Buste d'homme en tailleur.
5. Divinités indiennes.
6. Bronze.
7. Sculpteur grec antique (IVᵉ siècle avant J.-C.).

« Ce pied fera mon affaire », dis-je au marchand, qui me regarda d'un air ironique et sournois en me tendant l'objet demandé pour que je pusse l'examiner plus à mon aise.

Je fus surpris de sa légèreté ; ce n'était pas un pied de métal, mais bien un pied de chair, un pied embaumé, un pied de momie : en regardant de près, l'on pouvait distinguer le grain de la peau et la gaufrure[1] presque imperceptible imprimée par la trame des bandelettes. Les doigts étaient fins, délicats, terminés par des ongles parfaits, purs et transparents comme des agates ; le pouce, un peu séparé, contrariait heureusement le plan des autres doigts à la manière antique, et lui donnait une attitude dégagée, une sveltesse de pied d'oiseau ; la plante, à peine rayée de quelques hachures invisibles, montrait qu'elle n'avait jamais touché la terre, et ne s'était trouvée en contact qu'avec les plus fines nattes de roseaux du Nil et les plus moelleux tapis de peaux de panthères.

« Ha ! ha ! vous voulez le pied de la princesse Hermonthis, dit le marchand avec un ricanement étrange, en fixant sur moi ses yeux de hibou : ha ! ha ! ha ! pour un serre-papier ! idée originale, idée d'artiste ; qui aurait dit au vieux Pharaon que le pied de sa fille adorée servirait de serre-papier l'aurait bien surpris, lorsqu'il faisait creuser une montagne de granit pour y mettre le triple cercueil peint et doré, tout couvert d'hiéroglyphes avec de belles peintures du jugement des âmes, ajouta à demi-voix et comme se parlant à lui-même le petit marchand singulier.

— Combien me vendrez-vous ce fragment de momie ?

— Ah ! le plus cher que je pourrai, car c'est un morceau superbe ; si j'avais le pendant, vous ne l'auriez pas à moins

---

1. Relief donné à une matière, ici empreinte des bandelettes sur la peau.

de cinq cents francs : la fille d'un Pharaon, rien n'est plus rare.

— Assurément cela n'est pas commun ; mais enfin combien en voulez-vous ? D'abord je vous avertis d'une chose, c'est que je ne possède pour trésor que cinq louis ; j'achèterai tout ce qui coûtera cinq louis, mais rien de plus.

« Vous scruteriez les arrière-poches de mes gilets, et mes tiroirs les plus intimes, que vous n'y trouveriez pas seulement un misérable tigre à cinq griffes.

— Cinq louis le pied de la princesse Hermonthis, c'est bien peu, très peu en vérité, un pied authentique, dit le marchand en hochant la tête et en imprimant à ses prunelles un mouvement rotatoire.

« Allons, prenez-le, et je vous donne l'enveloppe par-dessus le marché, ajouta-t-il en le roulant dans un vieux lambeau de damas[1] ; très beau, damas véritable, damas des Indes, qui n'a jamais été reteint ; c'est fort, c'est moelleux », marmottait-il en promenant ses doigts sur le tissu éraillé par un reste d'habitude commerciale qui lui faisait vanter un objet de si peu de valeur qu'il le jugeait lui-même digne d'être donné.

Il coula les pièces d'or dans une espèce d'aumônière du Moyen Âge pendant à sa ceinture, en répétant :

« Le pied de la princesse Hermonthis servir de serre-papier ! »

Puis, arrêtant sur moi ses prunelles phosphoriques, il me dit avec une voix stridente comme le miaulement d'un chat qui vient d'avaler une arête :

« Le vieux Pharaon ne sera pas content ; il aimait sa fille, ce cher homme.

— Vous en parlez comme si vous étiez son contempo-

---

1. Soie brodée.

rain ; quoique vieux, vous ne remontez cependant pas aux pyramides d'Égypte », lui répondis-je en riant du seuil de la boutique.

Je rentrai chez moi fort content de mon acquisition.

Pour la mettre tout de suite à profit, je posai le pied de la divine princesse Hermonthis sur une liasse de papiers, ébauche de vers, mosaïque indéchiffrable de ratures : articles commencés, lettres oubliées et mises à la poste dans le tiroir, erreur qui arrive souvent aux gens distraits ; l'effet était charmant, bizarre et romantique.

Très satisfait de cet embellissement, je descendis dans la rue, et j'allai me promener avec la gravité convenable et la fierté d'un homme qui a sur tous les passants qu'il coudoie l'avantage ineffable de posséder un morceau de la princesse Hermonthis, fille de Pharaon.

Je trouvai souverainement ridicules tous ceux qui ne possédaient pas, comme moi, un serre-papier aussi notoirement égyptien ; et la vraie occupation d'un homme sensé me paraissait d'avoir un pied de momie sur son bureau.

Heureusement la rencontre de quelques amis vint me distraire de mon engouement de récent acquéreur ; je m'en allai dîner avec eux, car il m'eût été difficile de dîner avec moi.

Quand je revins le soir, le cerveau marbré de quelques veines de gris de perle, une vague bouffée de parfum oriental me chatouilla délicatement l'appareil olfactif ; la chaleur de la chambre avait attiédi le natrum[1], le bitume et la myrrhe dans lesquels les paraschites[2] inciseurs de cadavres avaient baigné le corps de la princesse ; c'était un parfum doux

---

1. Produit utilisé pour conserver les momies.
2. Prêtres égyptiens qui préparent la momification, et donc incisent les cadavres.

quoique pénétrant, un parfum que quatre mille ans n'avaient pu faire évaporer.

Le rêve de l'Égypte était l'éternité : ses odeurs ont la solidité du granit, et durent autant.

Je bus bientôt à pleines gorgées dans la coupe noire du sommeil ; pendant une heure ou deux tout resta opaque, l'oubli et le néant m'inondaient de leurs vagues sombres.

Cependant mon obscurité intellectuelle s'éclaira, les songes commencèrent à m'effleurer de leur vol silencieux.

Les yeux de mon âme s'ouvrirent, et je vis ma chambre telle qu'elle était effectivement : j'aurais pu me croire éveillé, mais une vague perception me disait que je dormais et qu'il allait se passer quelque chose de bizarre.

L'odeur de la myrrhe avait augmenté d'intensité, et je sentais un léger mal de tête que j'attribuais fort raisonnablement à quelques verres de vin de Champagne que nous avions bus aux dieux inconnus et à nos succès futurs.

Je regardais dans ma chambre avec un sentiment d'attente que rien ne justifiait ; les meubles étaient parfaitement en place, la lampe brûlait sur la console, doucement estompée par la blancheur laiteuse de son globe de cristal dépoli ; les aquarelles miroitaient sous leur verre de Bohême ; les rideaux pendaient languissamment : tout avait l'air endormi et tranquille.

Cependant, au bout de quelques instants, cet intérieur si calme parut se troubler, les boiseries craquaient furtivement ; la bûche enfouie sous la cendre lançait tout à coup un jet de gaz bleu, et les disques des patères semblaient des yeux de métal attentifs comme moi aux choses qui allaient se passer.

Ma vue se porta par hasard vers la table sur laquelle j'avais posé le pied de la princesse Hermonthis.

Au lieu d'être immobile comme il convient à un pied embaumé depuis quatre mille ans, il s'agitait, se contractait et sautillait sur les papiers comme une grenouille effarée : on l'aurait cru en contact avec une pile voltaïque ; j'entendais fort distinctement le bruit sec que produisait son petit talon, dur comme un sabot de gazelle.

J'étais assez mécontent de mon acquisition, aimant les serre-papiers sédentaires et trouvant peu naturel de voir les pieds se promener sans jambes, et je commençais à éprouver quelque chose qui ressemblait fort à de la frayeur.

Tout à coup je vis remuer le pli d'un de mes rideaux, et j'entendis un piétinement comme d'une personne qui sauterait à cloche-pied. Je dois avouer que j'eus chaud et froid alternativement ; que je sentis un vent inconnu me souffler dans le dos, et que mes cheveux firent sauter, en se redressant, ma coiffure de nuit à deux ou trois pas.

Les rideaux s'entrouvrirent, et je vis s'avancer la figure la plus étrange qu'on puisse imaginer.

C'était une jeune fille, café au lait très foncé, comme la bayadère Amani[1], d'une beauté parfaite et rappelant le type égyptien le plus pur ; elle avait des yeux taillés en amande avec des coins relevés et des sourcils tellement noirs qu'ils paraissaient bleus, son nez était d'une coupe délicate, presque grecque pour la finesse, et l'on aurait pu la prendre pour une statue de bronze de Corinthe, si la proéminence des pommettes et l'épanouissement un peu africain de la bouche n'eussent fait reconnaître, à n'en pas douter, la race hiéroglyphique des bords du Nil.

Ses bras minces et tournés en fuseau, comme ceux des très jeunes filles, étaient cerclés d'espèces d'emprises de métal et de tours de verroterie ; ses cheveux étaient nattés en cordelettes, et sur sa poitrine pendait une idole[2] en pâte

---

1. Principale danseuse d'une troupe hindoue venue à Paris en 1839.
2. Représentation d'une divinité.

verte que son fouet à sept branches faisait reconnaître pour
l'Isis, conductrice des âmes ; une plaque d'or scintillait à son
front, et quelques traces de fard perçaient sous les teintes
de cuivre de ses joues.

Quant à son costume, il était très étrange.

Figurez-vous un pagne de bandelettes chamarrées[1] d'hiéroglyphes noirs et rouges, empesés de bitume et qui semblaient appartenir à une momie fraîchement démaillotée.

Par un de ces sauts de pensée si fréquents dans les rêves,
j'entendis la voix fausse et enrouée du marchand de bric-à-
brac, qui répétait, comme un refrain monotone, la phrase
qu'il avait dite dans sa boutique avec une intonation si énig-
matique : « Le vieux Pharaon ne sera pas content ; il aimait
beaucoup sa fille, ce cher homme. »

Particularité étrange et qui ne me rassura guère, l'apparition n'avait qu'un seul pied, l'autre jambe était rompue à la
cheville.

Elle se dirigea vers la table où le pied de momie s'agitait
et frétillait avec un redoublement de vitesse. Arrivée là, elle
s'appuya sur le rebord, et je vis une larme germer et perler
dans ses yeux.

Quoiqu'elle ne parlât pas, je discernais clairement sa
pensée : elle regardait le pied, car c'était bien le sien, avec
une expression de tristesse coquette d'une grâce infinie ; mais
le pied sautait et courait çà et là comme s'il eût été poussé
par des ressorts d'acier.

Deux ou trois fois, elle étendit sa main pour le saisir,
mais elle n'y réussit pas.

Alors il s'établit entre la princesse Hermonthis et son
pied, qui paraissait doué d'une vie à part, un dialogue très
bizarre dans un copte[2] très ancien, tel qu'on pouvait le parler,

---

1. De couleurs variées.
2. Langue des chrétiens égyptiens.

il y a une trentaine de siècles, dans les syringes[1] du pays de Ser : heureusement que cette nuit-là, je savais le copte en perfection.

La princesse Hermonthis disait d'un ton de voix doux et vibrant comme une clochette de cristal :

« Eh bien ! mon cher petit pied, vous me fuyez toujours, j'avais pourtant bien soin de vous. Je vous baignais d'eau parfumée, dans un bassin d'albâtre ; je polissais votre talon avec la pierre-ponce trempée d'huile de palmes, vos ongles étaient coupés avec des pinces d'or et polis avec de la dent d'hippopotame, j'avais soin de choisir pour vous des thabebs[2] brodés et peints à pointes recourbées, qui faisaient l'envie de toutes les jeunes filles de l'Égypte ; vous aviez à votre orteil des bagues représentant le scarabée sacré, et vous portiez un des corps les plus légers que puisse souhaiter un pied paresseux. »

Le pied répondit d'un ton boudeur et chagrin :

« Vous savez bien que je ne m'appartiens plus, j'ai été acheté et payé ; le vieux marchand savait bien ce qu'il faisait, il vous en veut toujours d'avoir refusé de l'épouser : c'est un tour qu'il vous a joué.

« L'Arabe qui a forcé votre cercueil royal dans le puits souterrain de la nécropole de Thèbes était envoyé par lui, il voulait vous empêcher d'aller à la réunion des peuples ténébreux, dans les cités inférieures. Avez-vous cinq pièces d'or pour me racheter ?

— Hélas ! non. Mes pierreries, mes anneaux, mes bourses d'or et d'argent, tout m'a été volé, répondit la princesse Hermonthis avec un soupir.

— Princesse, m'écriai-je alors, je n'ai jamais retenu injustement le pied de personne : bien que vous n'ayez pas les

---

1. Tombes royales.
2. Chaussures de liège.

cinq louis qu'il m'a coûtés, je vous le rends de bonne grâce ; je serais désespéré de rendre boiteuse une aussi aimable personne que la princesse Hermonthis. »

Je débitai ce discours d'un ton régence et troubadour qui dut surprendre la belle Égyptienne.

Elle tourna vers moi un regard chargé de reconnaissance, et ses yeux s'illuminèrent de lueurs bleuâtres.

Elle prit son pied, qui, cette fois, se laissa faire, comme une femme qui va mettre son brodequin, et l'ajusta à sa jambe avec beaucoup d'adresse.

Cette opération terminée, elle fit deux ou trois pas dans la chambre, comme pour s'assurer qu'elle n'était réellement plus boiteuse.

« Ah ! comme mon père va être content, lui qui était si désolé de ma mutilation, et qui avait, dès le jour de ma naissance, mis un peuple tout entier à l'ouvrage pour me creuser un tombeau si profond qu'il pût me conserver intacte jusqu'au jour suprême où les âmes doivent être pesées dans les balances de l'Amenthi[1].

« Venez avec moi chez mon père, il vous recevra bien, vous m'avez rendu mon pied. »

Je trouvai cette proposition toute naturelle ; j'endossai une robe de chambre à grands ramages[2], qui me donnait un air très pharaonesque ; je chaussai à la hâte des babouches turques, et je dis à la princesse Hermonthis que j'étais prêt à la suivre.

Hermonthis, avant de partir, détacha de son col la petite figurine de pâte verte et la posa sur les feuilles éparses qui couvraient la table.

« Il est bien juste, dit-elle en souriant, que je remplace votre serre-papier. »

---

1. Lieu où vont les âmes pour être pesées par Osiris.
2. Dessins de feuilles et de fleurs.

Elle me tendit sa main, qui était douce et froide comme une peau de couleuvre, et nous partîmes.

Nous filâmes pendant quelque temps avec la rapidité de la flèche dans un milieu fluide et grisâtre, où des silhouettes à peine ébauchées passaient à droite et à gauche.

Un instant, nous ne vîmes que l'eau et le ciel.

Quelques minutes après, des obélisques commencèrent à pointer, des pylônes, des rampes côtoyées de sphinx se dessinèrent à l'horizon.

Nous étions arrivés.

La princesse me conduisit devant une montagne de granit rose, où se trouvait une ouverture étroite et basse qu'il eût été difficile de distinguer des fissures de la pierre si deux stèles[1] bariolées de sculptures ne l'eussent fait reconnaître.

Hermonthis alluma une torche et se mit à marcher devant moi.

C'étaient des corridors taillés dans le roc vif ; les murs, couverts de panneaux d'hiéroglyphes et de processions allégoriques, avaient dû occuper des milliers de bras pendant des milliers d'années ; ces corridors, d'une longueur interminable, aboutissaient à des chambres carrées, au milieu desquelles étaient pratiqués des puits, où nous descendions au moyen de crampons ou d'escaliers en spirale ; ces puits nous conduisaient dans d'autres chambres, d'où partaient d'autres corridors également bigarrés d'éperviers, de serpents roulés en cercle, de tau[2], de pedum[3], de bari[4] mystique, prodigieux travail que nul œil vivant ne devait voir, interminables légendes de granit que les morts avaient seuls le temps de lire pendant l'éternité.

----

1. Obélisque.
2. Objet symbole d'immortalité tenu par plusieurs dieux égyptiens.
3. Sceptre.
4. Barque qui mène l'âme du mort vers l'Amenthi.

Enfin, nous débouchâmes dans une salle si vaste, si énorme, si démesurée, que l'on ne pouvait en apercevoir les bornes ; à perte de vue s'étendaient des files de colonnes monstrueuses entre lesquelles tremblotaient de livides étoiles de lumière jaune : ces points brillants révélaient des profondeurs incalculables.

La princesse Hermonthis me tenait toujours par la main et saluait gracieusement les momies de sa connaissance.

Mes yeux s'accoutumaient à ce demi-jour crépusculaire, et commençaient à discerner les objets.

Je vis, assis sur des trônes, les rois des races souterraines : c'étaient de grands vieillards secs, ridés, parcheminés, noirs de naphte[1] et de bitume, coiffés de pschents[2] d'or, bardés de pectoraux et de hausse-cols, constellés de pierreries avec des yeux d'une fixité de sphinx et de longues barbes blanchies par la neige des siècles : derrière eux, leurs peuples embaumés se tenaient debout dans les poses roides et contraintes de l'art égyptien, gardant éternellement l'attitude prescrite par le codex hiératique[3] ; derrière les peuples miaulaient, battaient de l'aile et ricanaient les chats, les ibis et les crocodiles contemporains, rendus plus monstrueux encore par leur emmaillotage de bandelettes.

Tous les Pharaons étaient là, Chéops, Chephrenès, Psammetichus, Sésostris, Amenoteph ; tous les noirs dominateurs des pyramides et des syringes ; sur une estrade plus élevée siégeaient le roi Chronos[4] et Xixouthros, qui fut contemporain du déluge, et Tubal Caïn[5], qui le précéda.

La barbe du roi Xixouthros avait tellement poussé qu'elle

---

1. Sorte de pétrole.
2. Coiffes des pharaons formées des couronnes de Haute et de Basse-Égypte.
3. Livre qui décrit le rituel religieux à suivre.
4. Roi de la Grèce antique, père de Zeus.
5. Un des descendants de Caïn dans la Bible.

avait déjà fait sept fois le tour de la table de granit sur laquelle il s'appuyait tout rêveur et tout somnolent.

Plus loin, dans une vapeur poussiéreuse, à travers le brouillard des éternités, je distinguais vaguement les soixante-douze rois préadamites[1] avec leurs soixante-douze peuples à jamais disparus.

Après m'avoir laissé quelques minutes pour jouir de ce spectacle vertigineux, la princesse Hermonthis me présenta au Pharaon son père, qui me fit un signe de tête fort majestueux.

« J'ai retrouvé mon pied ! j'ai retrouvé mon pied ! criait la princesse en frappant ses petites mains l'une contre l'autre avec tous les signes d'une joie folle, c'est monsieur qui me l'a rendu. »

Les races de Kémé, les races de Nahasi[2], toutes les nations noires, bronzées, cuivrées, répétaient en chœur :

« La princesse Hermonthis a retrouvé son pied. »

Xixouthros lui-même s'en émut.

Il souleva sa paupière appesantie, passa ses doigts dans sa moustache, et laissa tomber sur moi son regard chargé de siècles.

« Par Oms, chien des enfers, et par Tmeï, fille du Soleil et de la Vérité, voilà un brave et digne garçon, dit le Pharaon en étendant vers moi son sceptre terminé par une fleur de lotus.

« Que veux-tu pour ta récompense ? »

Fort de cette audace que donnent les rêves, où rien ne paraît impossible, je lui demandai la main d'Hermonthis : la main pour le pied me paraissait une récompense antithétique d'assez bon goût.

---

1. Qui sont antérieurs à Adam.
2. Races noires du Haut-Nil qui servaient d'esclaves dans l'Égypte ancienne.

Le Pharaon ouvrit tout grands ses yeux de verre, surpris de ma plaisanterie et de ma demande.

« De quel pays es-tu et quel est ton âge ?

— Je suis français, et j'ai vingt-sept ans, vénérable Pharaon.

— Vingt-sept ans ! et il veut épouser la princesse Hermonthis, qui a trente siècles ! » s'écrièrent à la fois tous les trônes et tous les cercles des nations.

Hermonthis seule ne parut pas trouver ma requête inconvenante.

« Si tu avais seulement deux mille ans, reprit le vieux roi, je t'accorderais bien volontiers la princesse, mais la disproportion est trop forte, et puis il faut à nos filles des maris qui durent, vous ne savez plus vous conserver : les derniers qu'on a apportés il y a quinze siècles à peine, ne sont plus qu'une pincée de cendre ; regarde, ma chair est dure comme du basalte, mes os sont des barres d'acier.

« J'assisterai au dernier jour du monde avec le corps et la figure que j'avais de mon vivant ; ma fille Hermonthis durera plus qu'une statue de bronze.

« Alors le vent aura dispersé le dernier grain de ta poussière, et Isis elle-même, qui sut retrouver les morceaux d'Osiris, serait embarrassée de recomposer ton être.

« Regarde comme je suis vigoureux encore et comme mes bras tiennent bien », dit-il en me secouant la main à l'anglaise, de manière à me couper les doigts avec mes bagues.

Il me serra si fort que je m'éveillai, et j'aperçus mon ami Alfred qui me tirait par le bras et me secouait pour me faire lever.

« Ah ça ! enragé dormeur, faudra-t-il te faire porter au milieu de la rue et te tirer un feu d'artifice aux oreilles ? Il est plus de midi, tu ne te rappelles donc pas que tu m'avais promis de venir me prendre pour aller voir les tableaux espagnols de M. Aguado[1] ?

— Mon Dieu ! je n'y pensais plus, répondis-je en m'habillant ; nous allons y aller : j'ai la permission ici sur mon bureau. »

Je m'avançai effectivement pour la prendre ; mais jugez de mon étonnement lorsque, à la place du pied de momie que j'avais acheté la veille, je vis la petite figurine de pâte verte mise à sa place par la princesse Hermonthis !

---

1. Riche collectionneur du début du XIXe siècle.

Du tableau

au texte

Pierre-Olivier Douphis

Du tableau au texte

Salomé dansant ou *Salomé tatouée*
de Gustave Moreau

... une jeune femme est debout, le corps face au specta-
teur et le visage de profil à droite...

Dans la grande salle d'un riche palais baigné d'une
obscurité brune, une jeune femme est debout, le corps
face au spectateur et le visage de profil à droite. Elle
porte une haute couronne en or richement décorée. Elle
semble nue et se tient d'une façon étrange : elle a
tendu son bras gauche en l'air et a replié le droit le
long de son buste, la main au niveau de l'épaule. Elle
s'appuie sur sa jambe gauche et la droite est un peu
fléchie vers l'arrière. Dans la main gauche, elle serre un
objet sphérique en verre qu'il est difficile de reconnaître, ainsi qu'une sorte de sceptre au bout duquel se
trouve une représentation de la déesse égyptienne Isis
agenouillée. Dans l'autre main, elle tient une grande
tige de lotus. Une longue étoffe bleue pend de son bras
gauche, passe derrière sa hanche puis réapparaît
derrière sa jambe gauche. Un autre tissu, blanc, cache
son sexe et tombe derrière son mollet droit. Ses yeux
sont fermés. « Elle était assez grande, avec une taille et
un port de déesse ; ses cheveux, d'un blond doux, se
séparaient sur le haut de sa tête et coulaient sur ses

tempes comme deux fleuves d'or : on aurait dit une reine avec son diadème ; son front, d'une blancheur bleuâtre et transparente, s'étendait large et serein sur les arcs de deux cils presque bruns. [...] Pour son nez, il était d'une finesse et d'une fierté toute royale, et décelait la plus noble origine. » Cette description que donne Théophile Gautier du visage de l'envoûtante Clarimonde, dans son conte *La Morte amoureuse,* pourrait avoir été écrit pour la belle femme que l'on a devant les yeux.

Remarquons que le corps de cette femme est recouvert d'une multitude de dessins au trait gris foncé. Ceux-ci ressemblent quelquefois à des bijoux (boucles d'oreilles, colliers, bracelets, bagues), d'autres fois à des tatouages.

... *une panthère noire, portant un collier d'or et de perles...*

Derrière elle, on distingue quatre autres personnages qui se fondent dans un camaïeu de couleur brune. Un vieil homme est assis sur un trône auquel on accède par des marches circulaires et qui est encadré par deux piles surmontées de figurations d'oiseaux noirs aux ailes déployées posées sur des sphères. Ce vieillard est de face, le visage impassible. Il porte sur la tête une couronne conique aux riches décorations. Ses mains sont posées sur ses genoux. Son corps a disparu derrière ses multiples vêtements, parures et bijoux. On dirait une statue dans une niche surmontée d'un arc en plein-cintre. Au bas des marches du trône, on aperçoit deux personnages : l'un, sur la droite, est debout face au spectateur. Il est lui aussi richement paré, avec un couvre-chef en or et un habit comprenant un pectoral apparemment en métal et une tunique rouge tombant jusqu'aux mollets. Dans sa main gauche, il tient un long sabre devant son ventre. Sa tête légèrement tournée vers la droite regarde d'un air grave quelque chose hors du cadre du tableau. À ses pieds, une panthère noire, portant un collier d'or et de perles, est allongée de profil vers la gauche. L'autre personnage, une femme, est assise par terre, de face, derrière la jeune femme debout qui la cache un peu. Elle a un voile sur le haut du crâne et la poitrine dénudée. On ne voit pas ce qu'elle est en train de faire.

Enfin, au-dessus de cette femme assise, apparaît un unique visage de trois quarts vers la droite, semblant sortir de derrière une colonne. On distingue seulement qu'il porte une couronne sur la tête et qu'il a les sourcils froncés.

... la représentation d'un épisode de l'histoire biblique...

Tous ces détails ne permettent pas de comprendre la scène que le peintre Gustave Moreau a représentée. Il faut pour cela lire le titre du tableau : *Salomé dansant*. Nous avons donc devant les yeux la représentation d'un épisode de l'histoire biblique, le moment où la belle Salomé entame sa fameuse danse devant le vieux roi Hérode Antipas, fils d'Hérode le Grand, tel qu'il est relaté par les évangélistes Matthieu et Marc : «C'était lui Hérode qui avait envoyé arrêter Jean et l'enchaîner en prison, à cause d'Hérodiade, la femme de Philippe son frère qu'il avait épousée. Car Jean disait à Hérode : "Il ne t'est pas permis d'avoir la femme de ton frère." Quant à Hérodiade, elle était acharnée contre lui et voulait le tuer, mais elle ne le pouvait pas, parce qu'Hérode craignait Jean, sachant que c'était un homme juste et saint, et il le protégeait [...]. Or vint un jour propice, quand Hérode, à l'anniversaire de sa naissance, fit un banquet pour les grands de sa cour, les officiers et les principaux personnages de la Galilée : la fille de ladite Hérodiade entra et dansa, et elle plut à Hérode et aux convives. Alors le roi dit à la jeune fille : "Demande-moi ce que tu voudras, je te le donnerai." Et il lui fit un serment : "Tout ce que tu me demanderas, je te le donnerai, jusqu'à la moitié de mon royaume !" Elle sortit et dit à sa mère : "Que vais-je demander ? — La tête de Jean le Baptiste", dit celle-ci. Rentrant aussitôt en hâte auprès du roi, elle lui fit cette demande : "Je veux que tout de suite tu me donnes sur un plat la tête de Jean le Baptiste." Le roi fut très contristé, mais à cause de ses serments et des convives, il ne voulut pas lui manquer de parole. Et aussitôt le roi envoya un garde en lui ordonnant d'apporter la tête de Jean. Le garde s'en alla et le décapita dans la prison ; puis il apporta sa tête sur un plat et la donna à la jeune fille, et la jeune fille la donna à sa mère. » (Marc, 6 :17-28). Tous les éléments du tableau trouvent maintenant leur sens : la belle et jeune femme est Salomé, sur le point d'entamer sa danse sensuelle sous les yeux du roi Hérode Antipas, tétrarque de Judée, assis sur son trône. En bas des escaliers qui mènent au trône, l'homme au sabre est le garde déjà armé, prêt à aller décapiter Jean-Baptiste ; la femme assise par terre est une musicienne (son instrument est d'ailleurs visible dans une autre version de cette scène) et le personnage dont on ne voit que la tête serait Hérodiade, la femme du roi et la mère de Salomé, tramant déjà ses plans pour faire tuer le prophète qu'elle déteste.

... Salomé a impressionné les hommes tout au long de l'histoire du christianisme...

Il est étonnant de voir combien, malgré le laconisme des deux évangélistes — ils ne citent même pas son prénom —, ce personnage de Salomé a impressionné les hommes tout au long de l'histoire du christianisme. Cela transparaît d'ailleurs dans le nombre élevé d'œuvres d'art, tant picturales que littéraires ou musicales, que cet épisode biblique a inspirées. Les textes ne disent presque rien, cependant, l'imagination humaine a fait le reste. Ainsi, si avant Gustave Moreau beaucoup de peintres avaient déjà montré la jeune femme, ils l'avaient le plus souvent représentée portant la tête de Jean-Baptiste sur un plat ou bien aux côtés du bourreau pendant la décapitation. Ils la rapprochaient alors d'une autre figure biblique (de l'Ancien Testament, cette fois), Judith venue décapiter le général assyrien Holopherne. Image classique de la femme fatale, nouvelle incarnation d'Ève qui entraîna Adam dans le péché et l'humanité tout entière dans la chute, Salomé fait perdre la tête aux hommes qui sont prêts à se damner et à se condamner devant la justice autant humaine que divine.

Cette toile fait partie d'un ensemble de tableaux et de dessins que Gustave Moreau a dédiés à la danse de la belle Salomé. Dans cette version-ci, il concentre le regard du spectateur sur son corps. Car c'est bien Salomé le personnage important du tableau. Pour ce faire, le peintre se sert de plusieurs artifices. Il met tout d'abord en place quelques oppositions entre la princesse et son environnement : elle est pâle avec quelques notes de couleurs (bleu, jaune et or, blanc) contre le camaïeu de bruns qui recouvre tout le reste de la surface du tableau ; elle est en mouvement quand les autres personnages sont statiques ; elle semble nue alors qu'ils sont habillés. Ensuite, Gustave Moreau a noyé les autres personnages dans ce même fond brun pour qu'ils n'invitent pas l'œil à s'attarder sur eux. Leur présence est alors quasiment anecdotique. Ils sont de simples figurants, à peine plus importants que les éléments du décor. Par ailleurs, le peintre a fait disparaître toutes les références trop explicites à Jean-Baptiste et à l'histoire biblique en général. Maintenant, les conséquences de la danse de Salomé ne sont plus mises en avant. Seul le sabre du garde évoque encore vaguement le martyre du prophète. C'est d'ailleurs pour cette raison qu'on a eu du mal à reconnaître l'épisode représenté. Enfin, il n'y a pas non plus de perspective dans le fond de la scène dans laquelle le regard du spectateur pourrait s'engouffrer et échapper à la pose ensorcelante de la belle jeune femme.

... une impression d'étouffement...

Cette absence d'ouverture nous amène d'ailleurs à constater que Gustave Moreau a cherché à aplatir le plus possible la scène. Il y a très peu de profondeur dans son tableau. Elle est bien courte la distance qui sépare le premier plan où se tient Salomé du plan où trône Hérode Antipas. Et cette planéité est accentuée par la frontalité du vieux tétrarque ainsi que par les décorations au trait que le peintre a ajoutées par la suite, en particulier sur le corps de Salomé, et qui paraissent dessinées sur le plan de la toile, comme sur une plaque de verre apposée entre le spectateur et la scène. Il règne alors dans cette œuvre une impression d'étouffement, quasiment claustrophobique.

Moreau est l'un des premiers peintres, si ce n'est le tout premier, à mettre l'accent sur le moment de la danse plutôt que sur ses conséquences. Il éloigne ainsi Salomé de l'image de femme forte que les artistes précédents lui avaient conférée. D'ailleurs, dans une autre version de cette scène, l'artiste la montre horrifiée par l'apparition de la tête sanguinolente du prophète. Pour lui, elle ne saurait être l'instigatrice de l'exécution de Jean-Baptiste. Dans toutes ces œuvres, et dans *Salomé dansant* en particulier, il évoque la vraie nature de Salomé : une jeune princesse qui danse pour les convives d'un banquet donné par son beau-père.

Cependant, on peut se poser une question cruciale à propos de ce tableau : pour qui Salomé danse-t-elle ? Est-ce pour le vieux Hérode Antipas engoncé dans ses parures de roi et disparaissant dans le fond du tableau ? On a du mal à le croire. Elle ne danse pas non plus pour le garde qui détourne le regard, ni pour la musicienne ou Hérodiade. Ce n'est pas non plus pour les convives cités par les textes bibliques mais que Moreau n'a pas représentés. Qui reste-t-il donc ? Le spectateur bien sûr ! C'est pour nous autres spectateurs, les seuls êtres vivants de cette scène privée, que danse la belle et envoûtante Salomé, nous qui nous nous arrêtons, subjugués, devant le tableau et ne pouvons nous en détacher qu'avec difficulté. Nous avons envie de rester là, le souffle court, à observer la belle jeune fille, à suivre ses mouvements souples et harmonieux. Et nous sommes déjà prêts, comme Hérode, à céder à notre désir, à tout donner pour la beauté, pour la jeunesse.

… la robe ne protège le corps ni des aléas du climat ni des regards…

On peut penser que la princesse a une activité sacrée, suggérée par les décorations au trait que l'on voit sur son corps. Remarquons tout d'abord que ces décorations ne sont pas des tatouages, comme l'indique pourtant le second nom du tableau : *Salomé tatouée*. En effet, si on regarde mieux, on voit qu'elles dépassent du corps en de nombreux endroits (principalement entre les jambes et au bas des mollets). Il s'agit plutôt de broderies exécutées sur une robe dont elles mettent en évidence la légèreté et la transparence. Elles accentuent ainsi le fait que la robe ne joue pas son rôle de vêtement protecteur. Elle ne protège le corps ni des aléas du climat ni des regards. Au contraire, elle le souligne et, surtout, elle accompagne les gestes de la danse. Elle crée une aura autour de la jeune femme. Elle est, comme l'exprime le peintre, « une enveloppe mystérieuse qui déconcerte le spectateur et le tient à distance respectueuse », et elle transforme Salomé en une prêtresse s'adonnant à une danse rituelle. La princesse acquiert ainsi « une figure de sibylle et d'enchanteresse religieuse avec un caractère de mystère », toujours selon Moreau.

Cependant, si Salomé est une prêtresse, on a beaucoup de mal à déterminer le culte qu'elle sert. En effet, les broderies de sa robe représentent une multitude de détails provenant de religions de diverses époques et régions du monde : on reconnaît, par exemple, sur sa poitrine, un lotus, la fleur primordiale de nombreuses mythologies, de la Méditerranée à l'Inde et à la Chine ; sous le coude droit, un scarabée aux ailes étendues de l'époque pharaonique ainsi qu'une sauterelle qui rappelle la huitième plaie d'Égypte de la Bible ; une tête de lion romaine et une tête d'éléphant indien, toutes deux incrustées dans la couronne ; des animaux issus de la crosse de l'évêque Yves de Chartres (XIe siècle) dans les drapés blancs et une tête de chameau tirée du manteau du roi Roger II de Sicile (XIIe siècle) dans les drapés bleus tombés au sol. La même hétérogénéité se retrouve dans les décors de la salle.

... Gustave Moreau est, comme il se décrit lui-même, un « ouvrier assembleur de rêves »...

Ici encore, Gustave Moreau se détourne du chemin commun. Là où des peintres de son époque, comme Jean-Léon Gérôme, Alexandre Cabanel ou Jean-Paul Laurens, recherchent à tout prix à représenter la vérité archéologique du temps passé, notre peintre mélange ses sources documentaires (qu'il découvre dans les revues spécialisées comme *La Gazette des Beaux-Arts* ou plus généralistes comme *Le Magasin pittoresque* et *L'Illustration*). Son tableau perd alors toute précision historique et emmène le spectateur vers un ailleurs géographique et temporel indéterminé. Il dit lui-même : « Je suis obligé de tout inventer, ne voulant sous aucun prétexte me servir de la vieille friperie grecque classique. Je construis d'abord dans ma tête le caractère que je veux donner à ma figure et je l'habille ensuite en me conformant à cette idée première et dominante. » Son inspiration est donc entièrement tournée vers ses visions personnelles et non pas dictée par la réalité historique. Il est, comme il se décrit lui-même, un « ouvrier assembleur de rêves ».

En cela, Gustave Moreau représente à sa manière la

culture des hommes du XIXᵉ siècle, baignant dans un flot disparate d'idées et d'images que les explorateurs rapportent de leurs expéditions sur tous les continents et qu'irriguent également les richesses nationales que les chercheurs redécouvrent dans les régions de France. Ce faisant, Gustave Moreau se rapproche de Théophile Gautier. En effet, dans *Arria Marcella*, un autre des contes fantastiques de cet auteur, la belle et jeune fille d'Arrius Diomède explique à Octavien : « Rien ne meurt, tout existe toujours ; nulle force ne peut anéantir ce qui fut une fois. Toute action, toute parole, toute forme, toute pensée tombée dans l'océan universel des choses y produit des cercles qui vont s'élargissant jusqu'aux confins de l'éternité. La figuration matérielle ne disparaît que pour les regards vulgaires, et les spectres qui s'en détachent peuplent l'infini. Pâris continue d'enlever Hélène dans une région inconnue de l'espace. La galère de Cléopâtre gonfle ses voiles de soie sur l'azur d'un Cydnus idéal. Quelques esprits passionnés et puissants ont pu amener à eux des siècles écoulés en apparence, et faire revivre des personnages morts pour tous. » Cette théorie est un peu complexe, mais on doit comprendre que, selon Théophile Gautier, le temps ne serait pas une ligne qui s'étendrait du passé vers l'avenir, mais aurait plutôt la forme d'une spirale. Les différentes époques du passé coexisteraient alors les unes à côté des autres et à côté du temps présent dans lequel nous vivons. Par ailleurs, certains passages entre ces époques seraient praticables pour celui qui en connaît l'ouverture. C'est ainsi que la belle princesse égyptienne Hermontis, du conte *Le Pied de momie*, peut apparaître dans le siècle du narrateur et que ces deux personnages peuvent ensuite traverser « avec la vitesse de la flèche » ce « milieu fluide et grisâtre, où des silhouettes à peine ébauchées passaient à droite et à gauche » pour se rendre dans cette salle « si vaste, si énorme ; si démesurée, que l'on ne pouvait en apercevoir les bornes » et où sont « assis sur des trônes, les rois des races souterraines : [...] des grands vieillards secs, ridés, parcheminés, noirs de naphte et de bitume, coiffés de pschents d'or, bardés de pectoraux et de hausse-cols, constellés de pierreries avec des yeux d'une fixité de sphinx et de longues barbes blanchies par la neige des siècles ».

... mener en imagination le spectateur ou le lecteur dans des lieux qui resteront à jamais physiquement inaccessibles...

Cette théorie apparaît comme une forme moderne de la croyance ancestrale en l'immortalité des êtres et des choses. Comme toutes les religions, elle procède de l'espérance pour les vivants de vaincre l'inéluctabilité de la mort et de la croyance en un ailleurs où les défunts que l'on a aimés continuent à exister. Il serait alors possible de rentrer en contact avec eux, d'être un de ces « esprits passionnés et puissants » qui font « revivre des personnages morts pour tous » évoqués par Gautier. À toutes les époques de l'humanité, les expériences chamaniques et autres divinations sibyllines ont cherché à établir une communication avec les disparus et, au XIXe siècle, cela aboutit au spiritisme auquel s'adonnèrent Victor Hugo, George Sand ou Théophile Gautier lui-même. Mais ce sont surtout les artistes qui sont réellement capables de faire revenir les morts. Les œuvres d'art, autant littéraires que picturales, savent faire revivre les faits du passé, mais aussi créer des lieux magnifiques et inconnus dans le présent du spectateur. La peinture et la littérature sont en cela à égalité. Comme on le voit aussi bien avec Théophile Gautier qu'avec Gustave Moreau, elles savent parfaitement mener en imagination le spectateur ou le lecteur dans tous ces lieux qui resteront à jamais physiquement inaccessibles. Les œuvres d'art ont alors un rôle primordial de préservation à la fois de la mémoire et du désir. Ce sont des effigies du passé qui agissent comme des souvenirs dans l'esprit du spectateur et finissent par faire croire que celui-ci a réellement vécu les histoires qu'elles mettent en scène. Grâce à la littérature et à la peinture, lecteurs et spectateurs ont donc la possibilité de transposer leurs désirs dans ce qu'ils lisent ou ce qu'ils voient. C'est ainsi qu'ils peuvent s'évader, pour un temps, vers ces ailleurs étranges et magnifiques…

Le texte

en perspective

Marianne et Stéphane Chomienne

Vie littéraire : Gautier, une figure majeure du
XIXe siècle   **99**

  1. La génération de 1830 : la seconde vague roman-
     tique   100
  2. Théophile Gautier, un phare du XIXe siècle   104

L'écrivain à sa table de travail : Écrire des nouvelles
fantastiques   **109**

  1. Gautier, un homme de presse   110
  2. Le fantastique, un genre à la mode ?   113

Groupement de textes thématique : Femmes
fantastiques   **118**

  Edgar Allan Poe, « Le portrait ovale » (118) ; Guy de
  Maupassant, « Apparition » (120) ; Jean Ray, « Le
  gardien du cimetière » (124) ; Philip K. Dick, « La
  dame aux biscuits » (126).

Groupement de textes stylistique : Exercices
d'admiration   **129**

  Victor Hugo, *Notre-Dame de Paris* (129) ; Prosper
  Mérimée, *La Vénus d'Ille* (131) ; Gérard de Nerval,
  Voyage en Orient (133) ; Charles Baudelaire, *Réflexions
  sur quelques-uns de mes contemporains* (135) ; Théophile
  Gautier, *Premières Poésies* (137).

Chronologie : Théophile Gautier et son temps   **138**

  1. Une jeunesse romantique (1811-1833)   138
  2. Écrire pour vivre (1833-1849)   140
  3. Une vie d'amours et de voyages (1850-1872)   142

Éléments pour une fiche de lecture   **145**

Vie littéraire

Gautier, une figure majeure
du XIXe siècle

AU XIXe SIÈCLE, ON A L'IMPRESSION que l'histoire s'accélère. Imaginez un peu : les révolutions ont été à la fois politiques, industrielles, artistiques. L'évolution politique est encore confuse, marquée par de violents soubresauts issus de la Révolution française : on assiste aux combats entre les partisans de la République et ceux qui souhaitent le retour de la monarchie et des valeurs de l'Ancien Régime. De fait, le XIXe siècle a connu à la fois des régimes monarchiques (les Restaurations), des empires et des républiques. Et il a fallu attendre 1870 et l'avènement de la IIIe République pour retrouver une certaine stabilité institutionnelle. Les révolutions industrielle et technologique sont l'occasion de nets progrès : les découvertes du XIXe siècle, nombreuses, tendent vers une amélioration de la qualité de vie. Grâce au chemin de fer français inauguré en 1837 ou au premier vol en avion de Clément Ader en 1890, les déplacements sont facilités, entraînant voyages et ouverture sur d'autres lieux ; en même temps, l'hygiène et la médecine connaissent un développement non négligeable qui trouve son point culminant avec l'invention, par Louis Pasteur, de la vaccination en 1885 ; dans le domaine artistique, qui peut oublier l'essor de

la photographie et la naissance du cinéma ? Ces muta-
tions changent également la société en profondeur : le
XIXᵉ siècle voit apparaître une nouvelle classe sociale, la
bourgeoisie, et, concomitamment, une classe ouvrière
misérable qui se développe dans les villes. Face à ces
bouleversements, les artistes, écrivains, peintres et musi-
ciens vont devoir se situer. Les courants artistiques qui
se développent tout au long du siècle (romantisme, réa-
lisme, naturalisme, décadentisme et symbolisme) sont
autant de réactions des artistes au monde qui les entoure
et à ces bouleversements.

1.

La génération de 1830 :
la seconde vague romantique

1. *Le romantisme, point de ralliement des jeunes auteurs*

Quand Théophile Gautier naît, en 1811, le mouvement romantique a déjà connu une première génération d'auteurs, souvent des aristocrates nés dans les
années 1770-1780. Inspirés par les littératures anglaises
et allemandes, ils se sont opposés aux nouvelles donnes
d'une société bourgeoise qui les a privés de leurs privi-
lèges. Ils s'opposent tous à la rigidité de l'art classique
et au rationalisme triomphant issu des Lumières. Pour
cela, ils privilégient le sentiment et l'expression person-
nelle. À cette génération à laquelle appartiennent, par
exemple, René de Chateaubriand, Mme de Staël et
Alphonse de Lamartine, succède une nouvelle vague
d'écrivains nés au tournant du XIXᵉ siècle : Honoré de

Balzac, Victor Hugo, Alexandre Dumas, Prosper Mérimée, George Sand, Alfred de Musset, Gérard de Nerval, Théophile Gautier… C'est dire si cette génération de 1830 a été d'une qualité rare ! Ces jeunes gens se dressent eux aussi, comme leurs aînés, contre la classe bourgeoise et ses valeurs qui érigent la réussite matérielle comme modèle d'une société qui se dit nouvelle et se prétend plus démocratique. Les romantiques opposeront à ce culte de l'argent d'autres aspirations, vers l'infini, le spirituel et l'intime. Une figure domine, celle de Victor Hugo, dont le recueil *Les Orientales* paraît en 1829. C'est pour ce recueil que l'admire tout d'abord Théophile Gautier, c'est en lisant ces poèmes qu'il souhaite le rencontrer. Son ami Gérard de Nerval le conduira chez le maître. Mais le romantisme hugolien ne se limite pas à la poésie : c'est au théâtre qu'il trouve son expression la plus combattante. Dès 1827, dans la préface de sa pièce *Cromwell*, il trace les grands traits du drame romantique. Deux ans plus tard, une autre pièce, *Hernani*, est l'occasion d'une bataille rangée entre les jeunes romantiques et les tenants d'une littérature classique et académique. Cette bataille va placer Gautier sur le devant de la scène.

2. *25 février 1830 : la bataille d'*Hernani

Cette jeunesse, la génération de 1830 la revendique pleinement, c'est son atout majeur, car elle entraîne un renouvellement qu'ils appellent de tous leurs vœux. Elle se cristallise en 1830, au théâtre, autour de la défense des jeunes auteurs du drame romantique et de ce qu'on a appelé la bataille d'*Hernani*. À la fin de sa vie, Théophile Gautier entame la rédaction d'une *Histoire du romantisme*, restée inachevée, mais ses souvenirs de la bataille d'*Hernani* sont précieux et témoignent de cette vitalité revendiquée. Ce qui se joue lors des premières représentations du drame de Victor Hugo, c'est l'avènement d'une nouvelle façon d'écrire pour le théâtre en se débarrassant des conventions et du bon goût hérités du XVIIe siècle. Gautier oppose la vitalité de leur jeunesse, leur fougue mais aussi leur liberté à une génération d'anciens qu'il regarde avec une certaine cruauté :

> Oui, nous regardâmes avec un sang-froid parfait toutes ces larves du passé et de la routine, tous ces ennemis de l'art, de l'idéal, de la liberté et de la poésie, qui cherchaient de leurs débiles mains tremblotantes à tenir fermée la porte de l'avenir ; et nous sentions dans notre cœur un sauvage désir de lever leur scalp avec notre tomahawk pour en orner notre ceinture ; mais à cette lutte, nous eussions couru le risque de cueillir moins de chevelures que de perruques ; car si elle raillait l'école moderne sur ses cheveux, l'école classique, en revanche, étalait au balcon et à la galerie du Théâtre-Français une collection de têtes chauves pareille aux chapelets de crânes de la déesse Dourga. Cela sautait si fort aux yeux, qu'à l'aspect de ces moignons glabres sortant de leurs cols triangulaires avec des tons couleur de chair et beurre rance, malveillants malgré leur apparence paterne, un jeune sculpteur de beaucoup d'esprit et de talent, célèbre depuis, dont les mots valent les statues, s'écria au milieu d'un tumulte : « À la guillotine, les genoux ! » (*Histoire du romantisme*, chap. 10, « La légende du gilet rouge »)

Quelle a été la place de Gautier dans cette bataille ? Une place de premier plan. Son ami Gérard de Nerval l'avait présenté à Victor Hugo l'année précédente. Qu'est-ce qui lui a donné une place de choix, inoubliable ? Un détail vestimentaire, choisi par Gautier pour s'opposer à la mode alors très sombre et très neutre des hommes : un gilet rouge, confectionné pour l'occasion.

Ce gilet rouge lui vaut d'entrer directement dans la légende et de figurer à la première place des jeunes écrivains de la seconde vague du romantisme.

3. *Gautier et Hugo : une amitié jamais démentie*

L'amitié entre Victor Hugo et Théophile Gautier ne se démentira jamais à partir de ces premiers combats. Et pourtant les deux hommes pourraient avoir des points de désaccord. Hugo s'engage politiquement, d'abord conservateur, il défend ensuite le peuple et s'élève contre la misère qui le frappe. Dans l'action politique, il devient un des plus véhéments contradicteurs de Napoléon III, position qui lui impose de s'exiler à Guernesey. À l'opposé, Théophile Gautier se place du côté de l'Empire et de la famille impériale, il reste en France et obtient des charges du nouveau régime. Ces divergences conduiraient-elles à la fin de leur amitié ? Non, Théophile Gautier témoigne toujours de son admiration envers Hugo et s'élève contre son exil, il prend à plusieurs reprises le parti de l'auteur des *Misérables* jusque dans le salon de la princesse Mathilde, la propre cousine de Napoléon III. Dans la presse, il signe des articles en faveur de *La Légende des siècles*, recueil poétique publié pendant l'exil, il ne manque aucune reprise des drames hugoliens pour lui montrer sa fidélité. De son côté, lorsqu'il revient en France en 1870, Victor Hugo a l'opportunité de manifester sa fidélité à Gautier. C'est d'abord une affaire relatée dans une note du 29 décembre 1870 : « Th. Gautier a un cheval. Ce cheval est arrêté. On veut le manger. Gautier m'écrit et me prie d'obtenir sa grâce. Je la demande au ministre », et il obtient gain de cause. Le 11 juin 1872, lors du banquet donné à l'occasion de la centième représentation de *Ruy Blas*, l'auteur place un seul homme à une place d'honneur en face de lui : c'est Gautier. Enfin, Hugo intervient en juin 1872 pour qu'une pension soit attribuée à son ami qui lui éviterait une fin de vie misérable ; il écrit au ministre de l'Instruction publique :

> Théophile Gautier est un des hommes qui honorent notre pays et notre temps ; il est au premier rang comme poète, comme critique, comme écrivain. Sa renommée fait partie de la gloire française. Eh bien, à cette heure, Théophile Gautier lutte à la fois contre la maladie et contre la détresse. [...] Je vous demande, au nom de l'honneur littéraire de notre pays, de lui venir en aide avec cette promptitude qui double le bien qu'on fait, et d'attribuer à Théophile Gautier la plus forte indemnité annuelle dont vous puissiez disposer.

C'est que les combats de 1830 ont soudé une amitié réelle et solide, à l'épreuve du temps. D'ailleurs, ce que Hugo perd, à la mort de Gautier, c'est ce lien-là : « Gautier mort, je suis le seul survivant de ce qu'on a appelé "les hommes de 1830". »

2.

Théophile Gautier, un phare du XIXᵉ siècle

1. *Gautier, un romantique atypique*

Les romantiques, comme d'autres écrivains auparavant, ont cherché à se fédérer et à former un groupe, à fonder une communauté nouvelle dont l'union ferait la force pour lutter contre la société et les valeurs qu'ils récusaient. Les pratiques sociales que cela engendre ne datent pas du romantisme : depuis longtemps les salons existent dans lesquels se retrouvent des esprits proches, des artistes dont les idéaux convergent. Le premier des groupes auxquels participe Théophile Gautier se noue chez Victor Hugo en 1831, c'est le « Cénacle » : se réunissaient autour du maître, rue Notre-Dame-des-Champs, Alfred de Vigny, Honoré de Balzac, Alexandre Dumas, Sainte-Beuve, Gérard de Nerval et Gautier. En référence à ce premier groupe, Gautier et Nerval en créent un autre, « le petit cénacle », un groupe de bohèmes des années 1830 qui se voient dans l'atelier de Jehan Duseigneur, un sculpteur. On y rencontre Auguste Maquet, qui écrit avec Alexandre Dumas, Pétrus Borel, un poète, Xavier Forneret, Philothée O'Neddy, et d'autres poètes et écrivains, aujourd'hui oubliés, que l'on nommait parfois les « romantiques frénétiques », inspirés par le roman gothique anglais, versant brutal et sombre du romantisme. Mais Théophile Gautier se détache assez tôt de ces groupes : il se lasse des poses romantiques et, dès 1833, jette sur elles un regard critique et amusé dans un recueil de contes, *Les Jeunes-France*. Il s'y montre ironique envers ceux qui suivent la mode du romantisme et envers leurs épanchements narcissiques, et professe une profonde admiration pour la culture antique.

2. *Le plaisir des mots*

Quand il publie *Mademoiselle de Maupin*, Gautier a vingt-quatre ans. Le roman est aujourd'hui moins connu que sa préface dans laquelle Gautier jette les bases de son esthétique : il place le beau dans ce qui est inutile et donc gratuit. Dans la théorie de « l'art pour l'art » qui voit ici sa première expression, l'art s'oppose à tout ce qui a une utilité ou une nécessité hors de lui-même, dans le monde réel. Désormais, on est loin des combats politiques et sociaux des écrivains romantiques ! La littérature est aimée pour elle-même, en tant qu'objet d'art et non pour ses missions.

On retrouve dans les trois nouvelles de ce recueil un certain nombre de caractéristiques de l'écriture « artiste » revendiquée dans l'art pour l'art. Les descriptions de la boutique du *Pied de momie* témoignent d'un goût affirmé pour l'érudition, la précision du vocabulaire, le raffinement des références, en un mot le plaisir des mots, travaillés comme s'ils étaient des bijoux, choisis pour leur préciosité, leur rareté, au risque d'être obscurs pour ceux qui seraient moins cultivés que ces écrivains. Au culte du moi répond le goût de l'exotisme, du pittoresque, des civilisations raffinées. Rien de plus éloigné de la nature sauvage chérie par les romantiques que les milieux dans lesquels nous entraînent les trois figures féminines que sont Clarimonde, Edwige et Hermonthis. On retrouve évidemment cette théorie mise en pratique dans la poésie de Gautier dont le titre même du recueil, publié en 1852, *Émaux et Camées*, énonce clairement le travail d'orfèvre auquel il s'est livré.

Gautier est à l'origine d'un mouvement poétique, dans la deuxième moitié du XIXe siècle, qui s'inspire de sa théorie de l'art pour l'art : le Parnasse. La *Revue fantaisiste*, puis *L'Art* et enfin *Le Parnasse contemporain* ont accueilli les écrivains qui se reconnaissaient dans l'esthétique élaborée par Théophile Gautier d'un Beau inutile. Leconte de Lisle, Sully Prudhomme, José Maria de Heredia figurent au rang de ces poètes pour lesquels le poème résulte d'un travail de la forme et non plus de la libre expression romantique d'un moi presque sans contrainte. Mais on compte d'autres grandes plumes parmi celles qui furent associées au mouvement : Charles Baudelaire, Paul Verlaine, Stéphane Mallarmé et même Arthur Rimbaud ont une dette envers cette esthétique.

3. *Témoignages d'admiration*

C'est au poète Gautier, l'artisan des mots, que Baudelaire, en 1857, dédie son recueil *Les Fleurs du Mal* :

> Au Poëte impeccable
> au parfait magicien ès lettres françaises
> à mon très-cher et très-vénéré
> maître et ami
> Théophile Gautier
> avec les sentiments
> de la plus profonde humilité
> je dédie
> ces fleurs maladives

Ainsi, Gautier fait figure de chef de file, et Baudelaire de disciple. Ce dernier lui a d'ailleurs consacré un article pour lequel Victor Hugo fournit une préface. Gautier-Hugo-Baudelaire, un trio d'amitié et d'admirations réciproques, mais d'autres écrivains du XIXᵉ siècle témoignent aussi de leur admiration pour le poète de l'art pour l'art. Quand, à sa mort en 1872, Victor Hugo publie un tombeau, un poème faisant l'éloge du disparu, que l'on peut lire dans le recueil *Toute la lyre*, c'est l'homme qui sut « trouver le beau » qu'il retient. En 1873, un recueil d'hommages est publié, *Le Tombeau de Théophile Gautier*, qui s'ouvre sur ce poème de Hugo et qui regroupe les textes de nombreux écrivains parmi lesquels on peut citer Stéphane Mallarmé, Anatole France, Leconte de Lisle, José Maria de Heredia, Charles Cros, François Coppée et bien d'autres : ils furent plus de quatre-vingts à signer l'hommage au maître disparu.

Pour aller plus loin

Carole NARTEAU et Irène NOUAILHAC, *La Littérature française, Les grands mouvements littéraires du XIXᵉ siècle*, Librio 2009.

Olivier DECROIX et Marie de GANDT, *Le Romantisme*, « La bibliothèque Gallimard », 2010.

http ://www.theophilegautier.fr/ : site consacré à l'écrivain à l'occasion du bicentenaire de sa naissance.

L'écrivain
à sa table de travail

Écrire des nouvelles fantastiques

LE XIXᵉ SIÈCLE VOIT TRIOMPHER LE RÉCIT : l'écriture narrative prédomine et place au second plan les autres genres littéraires, comme le théâtre et la poésie. Romans et nouvelles deviennent les voies les plus souvent empruntées par la création littéraire. Les auteurs majeurs du siècle sont, pour beaucoup, des romanciers ou des nouvellistes, qui ont excellé, comme Gautier, dans ces deux formes : Victor Hugo, Alexandre Dumas, Honoré de Balzac, Émile Zola, Guy de Maupassant, Jules Verne, Stendhal. Au XIXᵉ siècle, le développement de la presse est spectaculaire : les titres se multiplient, l'éducation du public s'accroît et, en conséquence, le lectorat devient plus important, les développements technologiques permettent l'essor de ce mode d'expression et expliquent que les auteurs aient eu recours à des formes courtes (la nouvelle) ou à des formes longues fondées sur des actions nombreuses et inattendues (le roman-feuilleton).

1.

Gautier, un homme de presse

1. *La presse : un lieu béni pour publier*

Au XIXe siècle, la presse subit les aléas des régimes politiques : censurée puis libérée avant d'être censurée à nouveau, elle ne cesse cependant de se perfectionner. C'est que les progrès techniques sont nombreux : ils concernent aussi bien l'encre que le papier, mais surtout les machines à imprimer avec l'invention des rotatives en 1860. Il est donc de plus en plus facile d'imprimer journaux et magazines. Dans le même temps, l'instruction publique se développe et se généralise, un élan qui trouve sa concrétisation dans les lois de Jules Ferry qui rendent, en 1881-1882, l'école primaire gratuite et obligatoire. Le niveau d'éducation montant, la demande des journaux croît. Les facteurs sont ainsi conjugués pour que la presse prenne son essor. Des patrons de journaux l'ont compris, qui ont créé la « presse à deux sous », baissant considérablement le prix de vente de leurs journaux pour attirer des acheteurs toujours plus nombreux. Émile de Girardin lance *La Presse* en 1836, un quotidien populaire pour lequel Gautier a beaucoup écrit. Car pour maintenir les prix bas, il faut attirer les lecteurs et les fidéliser : c'est là l'origine du roman-feuilleton, une histoire livrée en tranches quotidiennes et destinée à rendre le lecteur impatient de connaître la suite. La presse est donc attentive au monde littéraire : tous les journaux et les magazines retiennent des textes qui sont publiés en une seule fois lorsqu'ils ne sont pas trop longs, ou sur plusieurs mois. Les écrivains, quant à eux, trouvent un débouché immédiat pour leurs œuvres, un lectorat très nombreux et presque captif, et une source de revenus non négligeable.

La presse est pléthorique, citons parmi les nombreux périodiques où signe Théophile Gautier : *Le Cabinet de lecture, La Revue pittoresque, La Revue de Paris, Le Pays, La Chronique de Paris, Le Moniteur universel, La Revue des Deux Mondes, Le Journal des gens du monde* et surtout *La Presse*. Il n'est pas rare qu'un même texte soit publié à plusieurs reprises dans différents périodiques. Parmi les écrivains qui comptent sur leur plume pour vivre, beaucoup ont participé à l'aventure, soit comme journalistes ou critiques, soit en donnant aux journaux et revues une partie de leur production. Les nouvelles de Maupassant, les romans de Balzac, ceux de Hugo ou de Zola ont d'abord été publiés ainsi, avant d'être édités sous la forme de livre.

2. *De la presse au recueil*

Gautier est un polygraphe et les textes qu'il adresse aux journaux appartiennent à différents genres. Journaliste culturel, il est chargé du feuilleton théâtral, c'est-à-dire qu'il rédige le compte rendu des pièces nouvelles qu'il a vues. Ses articles critiques ne se limitent pas à l'art dramatique : il s'intéresse aussi à la musique et, plus encore, à la peinture. Il s'engage aussi à écrire des notices biographiques sur les écrivains. Les journaux publient également des récits de voyages où Gautier fait partager ses découvertes. Enfin, il donne aux journaux des textes littéraires, poèmes ou nouvelles, et un roman : *Le Capitaine Fracasse*. En réalité, seules les premières poésies, celles de 1830, et quelques poèmes ultérieurs n'ont pas connu cette prépublication dans la presse.

Quant aux contes fantastiques, ils ont tous paru d'abord dans des journaux ou des revues littéraires. Ainsi les contemporains de Gautier ont pu lire *La Morte amoureuse* dans *La Chronique de Paris* en deux fois, les 23 et 26 juin 1836, *Le Chevalier double* puis *Le Pied de momie* dans *Le Musée des familles*, en juillet et septembre 1840. Ce n'est que dans un deuxième temps que les nouvelles ont été publiées en recueil.

La bibliographie de Gautier est assez complexe : les recueils de contes ne respectent pas la même thématique fantastique ou le même registre, ils semblent soumis au hasard des publications : *La Morte amoureuse* est d'abord repris dans un recueil intitulé *Une larme du diable*, puis dans un volume de *Nouvelles*; *Le Chevalier double* trouve une place dans les *Romans et contes* où il sera rejoint par *Le Pied de momie*, d'abord publié dans *La Peau de tigre*. Les titres des recueils et leurs contenus varient en fonction de son éditeur, car un même texte peut paraître sous différents titres (« La Princesse Hermonthis », « Clarimonde ») et en même temps sous plusieurs couvertures. Un tel désordre explique qu'aujourd'hui encore les éditions des nouvelles de Gautier soient disparates : il n'y a pas eu de volonté claire chez lui de composer un recueil qui aurait une unité ou serait établi en fonction d'une progression volontairement définie. Pis encore, les recueils n'ont pas systématiquement d'unité générique : dans *La Peau de tigre*, on trouve pêle-mêle des articles, des nouvelles et deux pièces de théâtre. On se croirait presque dans le capharnaüm du vieil antiquaire du *Pied de momie*!

2.

Le fantastique, un genre à la mode ?

1. *Le siècle du fantastique*

La littérature se construit dans la continuité et dans l'opposition : à l'optimisme des Lumières qui croyait pouvoir expliquer le monde de manière, si ce n'est scientifique, du moins rationnelle, succède ainsi un retour vers la croyance inverse. Il existerait des puissances cachées, occultes, auxquelles seraient soumis le monde et les hommes. Tout, dans le réel qui nous entoure, ne serait pas humainement compréhensible, la raison ne pourrait pas tout expliquer ! Cette conviction a conduit à l'irruption d'un nouveau genre littéraire : le fantastique. Histoires de fantômes et de châteaux hantés à ses débuts, les romans gothiques apparaissent d'abord en Angleterre. La mobilité des lecteurs conduit à une connaissance rapide de ces œuvres et permet au courant fantastique de se développer dans toute l'Europe : on en trouve des traces dans les pays britanniques, mais aussi en Allemagne, en France, en Russie. Partout où l'on rencontre des salons littéraires et des esprits épris de lecture, le fantastique se développe. Il s'attache à un certain nombre de figures et de thèmes : le diable, le ou la vampire, le monstre, les morts qui reviennent se manifester auprès des vivants, le dédoublement de personnalité... Il fait jouer plusieurs sentiments : le doute face à ce qui est montré (ces apparitions sont-elles bien réelles, ou bien s'agit-il d'erreur des sens et de la raison ?) et la peur face à cette possibilité offerte à la mort de se mélanger à la vie et à cette méconnaissance de soi et des autres. Le romantisme s'est plu à raconter ces histoires qui ouvraient un large espace à l'imagination et replaçaient l'homme dans un monde (qu'il soit naturel ou divin) qui le dépassait.

L'une des définitions couramment admises du fantastique évoque « une intrusion brutale du mystère dans le cadre de la vie réelle » (P.-G. Castex), le mystère ne voulant pas dire l'impossible. Car ce qui distingue le fantastique d'autres littératures de l'imaginaire (le merveilleux qui le précède ou la *fantasy* à la mode de nos jours), c'est cette tension avec le possible : le fantastique s'introduit dans le monde qui entoure les personnages et donc est cautionné par ce cadre réaliste. Intervenant dans un milieu connu et reconnu de tous comme proche de la réalité environnante, il devient envisageable, difficile à croire certes, mais crédible. Le merveilleux et la *fantasy* supposent des milieux qui ne sont pas les nôtres, ils sont donc bien distincts, isolés dans un monde lointain qui ne menace pas notre vie réelle. Durant tout le siècle, le fantastique s'est glissé dans les récits : dans *La Peau de chagrin* de Balzac, dans *La Femme au collier de velours* de Dumas, dans les nouvelles de Maupassant bien sûr. Tout au long de sa vie, Gautier écrivit lui aussi des nouvelles fantastiques : on en recense une douzaine, datées de 1831 (*La Cafetière*) à 1866 (*Spirite*).

2. *Des tonalités différentes : exotisme, passion et humour*

Est-ce à dire que Gautier ne fait qu'emprunter une voie devenue très commune, enchaînant motifs et personnages puisés dans un répertoire sans originalité ? Il faut évidemment répondre par la négative. Chaque écrivain donne son style et sa marque à l'écriture fantastique. Gautier comme les autres. Une courtisane vénitienne, une princesse égyptienne, une dame nordique : les trois nouvelles de ce recueil témoignent d'abord d'un certain goût pour l'exotisme. C'était une tentation pour bien des artistes, écrivains et peintres. Cet exotisme se retrouve dans la précision des descriptions, la volonté de donner à voir des lieux lointains, la Scandinavie ou l'Égypte, le plus souvent des pays sous le signe de la richesse et de la splendeur. Et ce, au risque d'éloigner l'événement fantastique du monde quotidien dans lequel il est supposé s'inscrire : si, en effet le narrateur du *Pied de momie* vit bien dans un monde proche des contemporains de Gautier, peu d'entre eux peuvent partager pleinement le monde de Romuald, jeune homme retiré du monde, en passe de devenir prêtre. Plus éloigné encore est l'univers d'Edwige, à la fois nordique et médiéval, plaçant *Le Chevalier double* aux frontières entre nouvelle et conte. L'une des caractéristiques des trois textes de ce recueil est donc le goût pour la peinture de beautés lointaines, de perfections plastiques (celles des lieux et des êtres) venues d'ailleurs.

Lorsqu'il s'éloigne de celui de son lecteur, l'univers fantastique reste-t-il effrayant ? On ne peut pas dire que la peur soit le sentiment le plus présent dans les nouvelles de ce recueil. Certes, *Le Chevalier double* joue sur l'effroi du personnage maternel face au monstre qu'elle a engendré. La peur d'Edwige, sa terreur face à l'impensable, est mentionnée à plusieurs reprises. Et par là, c'est la nouvelle la plus proche peut-être des critères fantastiques, mais son éloignement dans le temps et dans l'espace, cette mise à distance qui en font une sorte de légende germanique, n'empêchent-ils pas le lecteur de

ressentir cette inquiétude qu'il devrait faire sienne ?
Dans les deux autres nouvelles, la puissance du sentiment amoureux pour les deux femmes fantastiques font
passer la passion avant la peur. Clarimonde est bien
une femme vampire, mais la puissance de son amour
pour Romuald, un amour apparemment partagé, ne
nous pousse-t-il pas à nous mettre de leur côté ? A-t-on
réellement peur devant la vampire ou espère-t-on secrè-
tement que Sérapion sera battu par les amants maudits ?
Lisez l'extrait du *Gardien du cimetière* de Jean Ray dans le
premier groupement de textes et vous verrez qu'on
peut imaginer des vampires autrement plus inquiétants
que la belle Clarimonde.

Quant à la dernière des trois nouvelles, *Le Pied de
momie*, peut-on parler d'inquiétude ? On pourrait croire,
au contraire, que Gautier retrouve là son regard gogue-
nard, son esprit moqueur posé sur un jeune homme
— une sorte de double de lui-même, à en croire ses
goûts. L'humour est présent dans cette histoire de princesse devenue boiteuse et qui fait un déplacement à
travers le temps pour retrouver son pied ! On le retrouve
dans l'évocation d'un amour impossible entre le jeune
premier et une femme qui est son aînée… de tant de
siècles ! Jamais la peur de cette apparition ne domine,
elle est immédiatement désamorcée par un regard
taquin et malicieux. Gautier s'amuse avec les codes et
ne s'y soumet pas, même si la fin de la nouvelle renoue
avec un motif pleinement fantastique : le réel porte
les traces de la présence d'une momie égyptienne, ici
sous la forme d'une statuette, un souvenir laissé par la
princesse.

Pour aller plus loin

Gautier journaliste, articles et chroniques, édition de Patrick Berthier, GF, Flammarion, 2011.

Histoires de vampires, anthologie commentée par Stéphane Chomienne, Belin-Gallimard, Classicocollège, 2010.

Alexandre DUMAS, *La Dame pâle,* Gallimard, « Folio 2 € ».

Groupement
de textes thématique

Femmes fantastiques

DANS LES TROIS NOUVELLES DE CE RECUEIL, Théophile Gautier donne à la femme une place de choix : Clarimonde, Hermonthis et même Edwige sont des personnages aimés, ce sont aussi elles qui font entrer la nouvelle dans le monde fantastique, un fantastique plus ou moins inquiétant, plus ou moins dangereux pour les hommes, amants ou fils, qu'elles entraînent avec elles là où dominent les forces de l'étrange. Femme soumise ou dominante, femme pathétique ou pleine d'humour, ces trois nouvelles donnent une vision qui n'est pas figée de la femme, offerte à un regard amoureux.

Edgar Allan POE (1809-1849)

« Le portrait ovale » (1842)

(in *Contes*, trad. de C. Baudelaire,
Folio classique)

Edgar Poe est un écrivain américain du XIXe siècle. Poète, critique littéraire, romancier, ses contes fantastiques l'ont rendu extrêmement célèbre. En France, c'est le poète Charles Baudelaire qui a traduit ses histoires, permettant très vite aux

lecteurs français de les connaître. Dans «Le portrait ovale»,
la femme est victime du fantastique : comme Edwige, elle se
soumet bien malgré elle à une volonté qui la domine, elle
donne sa vie à la passion de son mari qui puise en elle la
force de sa création artistique.

C'était une jeune fille d'une très rare beauté, et qui
n'était pas moins aimable que pleine de gaieté. Et
ensuite fut l'heure où elle vit, aima, et épousa le
peintre. Lui, passionné, studieux, austère, et ayant
déjà trouvé une épouse dans son Art. Elle, une jeune
fille d'une très rare beauté et non moins aimable que
pleine de gaieté : rien que lumière et sourires, et la
folâtrerie d'un jeune faon aimant et chérissant toutes
choses ; ne haïssant que l'Art qui était son rival, ne
redoutant que la palette et les brosses, et les autres
instruments fâcheux qui la privaient de la figure de
son adoré. Ce fut une terrible chose pour cette dame
que d'entendre le peintre parler du désir de peindre
même sa jeune épouse. Mais elle était humble et obéis-
sante, et elle s'assit avec douceur pendant de longues
semaines dans la sombre et haute chambre de la tour,
où la lumière filtrait sur la pâle toile seulement par le
plafond. Mais lui, le peintre, mettait sa gloire dans son
œuvre, qui avançait d'heure en heure et de jour en
jour. Et c'était un homme passionné, et étrange, et
pensif, qui se perdait en rêveries ; si bien qu'il ne
voulait pas voir que la lumière qui tombait si lugubre-
ment dans cette tour isolée desséchait la santé et les
esprits de sa femme, qui languissait visiblement pour
tout le monde, excepté pour lui. Cependant, elle souriait
toujours, et toujours sans se plaindre, parce qu'elle
voyait que le peintre (qui avait un grand nom) prenait
un plaisir vif et brûlant dans sa tâche, et travaillait nuit
et jour pour peindre celle qui l'aimait si fort, mais qui
devenait de jour en jour plus languissante et plus
faible. Et en vérité, ceux qui contemplaient le portrait
parlaient à voix basse de sa ressemblance, comme d'une
puissante merveille et comme d'une preuve non moins
grande de la puissance du peintre que de son profond

amour pour celle qu'il peignait si miraculeusement bien. Mais, à la longue, comme la besogne approchait de sa fin, personne ne fut plus admis dans la tour car le peintre était devenu fou par l'ardeur de son travail, et il détournait rarement les yeux de la toile, même pour regarder la figure de sa femme. Et il ne voulait pas voir que les couleurs qu'il étalait sur la toile étaient tirées des joues de celle qui était assise près de lui. Et quand bien des semaines furent passées et qu'il ne restait plus que peu de chose à faire, rien qu'une touche sur la bouche et un glacis[1] sur l'œil, l'esprit de la dame palpita encore comme la flamme dans le bec d'une lampe. Et alors la touche fut donnée, et alors le glacis fut placé et pendant un moment le peintre se tint en extase devant le travail qu'il avait travaillé mais une minute après, comme il contemplait encore, il trembla, et il devint très pâle et il fut frappé d'effroi ; et criant d'une voix éclatante :

« En vérité, c'est la *Vie* elle-même », il se retourna brusquement pour regarder sa bien-aimée : *Elle était morte.*

Guy de MAUPASSANT (1850-1893)
« Apparition » (1883)

(in *Le Horla et autres nouvelles,*
Folio classique)

Guy de Maupassant est l'un des maîtres français du récit fantastique. Dans «Apparition», la femme n'est pas une victime. Comme dans Le Pied de momie *ou* La Morte amoureuse, *elle est l'objet d'un amour inconditionnel qui lui permet de franchir la frontière séparant la vie de la mort. C'est ce qui sera dévoilé au narrateur lorsqu'il retrouve un ami d'enfance, devenu veuf, qui lui demande un service : aller chercher des documents dans le secrétaire de sa femme.*

---

1. Glacis : couche transparente, légèrement colorée qu'on pose pour donner du brillant à une peinture.

Je m'assis dans un fauteuil, j'abattis la tablette, j'ouvris le tiroir indiqué. Il était plein jusqu'aux bords. Il ne me fallait que trois paquets, que je savais comment reconnaître, et je me mis à les chercher. Je m'écarquillais les yeux à déchiffrer les suscriptions, quand je crus entendre ou plutôt sentir un frôlement derrière moi. Je n'y pris point garde, pensant qu'un courant d'air avait fait remuer quelque étoffe. Mais, au bout d'une minute, un autre mouvement, presque indistinct, me fit passer sur la peau un singulier petit frisson désagréable. C'était tellement bête d'être ému, même à peine, que je ne voulus pas me retourner, par pudeur pour moi-même. Je venais alors de découvrir la seconde des liasses qu'il me fallait; et je trouvais justement la troisième, quand un grand et pénible soupir, poussé contre mon épaule, me fit faire un bond de fou à deux mètres de là. Dans mon élan je m'étais retourné, la main sur la poignée de mon sabre, et certes, si je ne l'avais pas senti à mon côté, je me serais enfui comme un lâche.

Une grande femme vêtue de blanc me regardait, debout derrière le fauteuil où j'étais assis une seconde plus tôt.

Une telle secousse me courut dans les membres que je faillis m'abattre à la renverse! Oh! personne ne peut comprendre, à moins de les avoir ressenties, ces épouvantables et stupides terreurs. L'âme se fond; on ne sent plus son cœur; le corps entier devient mou comme une éponge, on dirait que tout l'intérieur de nous s'écroule. Je ne crois pas aux fantômes; eh bien! j'ai défailli sous la hideuse peur des morts, et j'ai souffert, oh! souffert en quelques instants plus qu'en tout le reste de ma vie, dans l'angoisse irrésistible des épouvantes surnaturelles. Si elle n'avait pas parlé, je serais mort peut-être! Mais elle parla; elle parla d'une voix douce et douloureuse qui faisait vibrer les nerfs. Je n'oserais pas dire que je redevins maître de moi et que je retrouvai ma raison. Non. J'étais éperdu à ne plus savoir ce que je faisais; mais cette espèce de fierté intime que j'ai en moi, un peu d'orgueil de métier aussi, me faisaient garder, presque malgré moi, une contenance honorable. Je posais pour moi et pour elle sans doute, pour elle, quelle qu'elle fût, femme ou spectre. Je me suis rendu compte de tout cela plus tard, car je vous assure que, dans l'instant de l'apparition, je ne songeais à rien. J'avais peur.

Elle dit :

— Oh ! Monsieur, vous pouvez me rendre un grand service !

Je voulus répondre, mais il me fut impossible de prononcer un mot. Un bruit vague sortit de ma gorge.

Elle reprit :

— Voulez-vous ? Vous pouvez me sauver, me guérir. Je souffre affreusement. Je souffre, oh ! je souffre !

Et elle s'assit doucement dans mon fauteuil. Elle me regardait :

— Voulez-vous ?

Je fis : « Oui ! » de la tête, ayant encore la voix paralysée. Alors elle me tendit un peigne en écaille et elle murmura :

— Peignez-moi, oh ! peignez-moi ; cela me guérira ; il faut qu'on me peigne. Regardez ma tête… Comme je souffre ; et mes cheveux comme ils me font mal !

Ses cheveux dénoués, très longs, très noirs, me semblait-il, pendaient par-dessus le dossier du fauteuil et touchaient la terre. Pourquoi ai-je fait ceci ? Pourquoi ai-je reçu en frissonnant ce peigne, et pourquoi ai-je pris dans mes mains ses longs cheveux qui me donnèrent à la peau une sensation de froid atroce comme si j'eusse manié des serpents ? Je n'en sais rien. Cette sensation m'est restée dans les doigts et je tressaille en y songeant. Je la peignai. Je maniai je ne sais comment cette chevelure de glace. Je la tordis, je la renouai et la dénouai ; je la tressai comme on tresse la crinière d'un cheval. Elle soupirait, penchait la tête, semblait heureuse. Soudain elle me dit : « Merci ! » m'arracha le peigne des mains et s'enfuit par la porte que j'avais remarquée entrouverte.

Resté seul, j'eus, pendant quelques secondes, ce trouble effaré des réveils après les cauchemars. Puis je repris enfin mes sens ; je courus à la fenêtre et je brisai les contrevents d'une poussée furieuse. Un flot de jour entra. Je m'élançai sur la porte par où cet être était parti. Je la trouvai fermée et inébranlable. Alors une fièvre de fuite m'envahit, une panique, la vraie panique des batailles. Je saisis brusquement les trois paquets de lettres sur le secrétaire ouvert ; je traversai l'appartement en courant, je sautai les marches de l'escalier quatre par quatre, je me trouvai dehors je ne sais par où, et, apercevant mon cheval à dix pas de moi, je l'enfourchai d'un bond et partis au galop. Je ne m'arrêtai qu'à Rouen, et devant mon logis. Ayant jeté la bride à mon ordonnance, je me sauvai dans ma chambre où je m'enfermai pour réfléchir. Alors, pendant une heure, je me demandai anxieusement si je n'avais pas été le jouet d'une hallucination. Certes, j'avais eu un de ces incompréhensibles ébranlements nerveux, un de ces affolements du cerveau qui enfantent les miracles, à qui le Surnaturel doit sa puissance. Et j'allais croire à une vision, à une erreur de mes sens, quand je m'approchai de ma fenêtre. Mes yeux, par hasard, descendirent sur ma poitrine. Mon dolman[1] était plein de longs cheveux de femme qui s'étaient enroulés aux boutons ! Je les saisis un à un et je les jetai dehors avec des tremblements dans les doigts. Puis j'appelai mon ordonnance[2]. Je me sentais trop ému, trop troublé, pour aller le jour même chez mon ami. Et puis je voulais mûrement réfléchir à ce que je devais lui dire. Je lui fis porter ses lettres, dont il remit un reçu au soldat. Il s'informa beaucoup de moi. On lui dit que j'étais souffrant, que j'avais reçu un coup de soleil, je ne sais quoi. Il parut inquiet.

Je me rendis chez lui le lendemain, dès l'aube, résolu à lui dire la vérité. Il était sorti la veille au soir et pas

---

1. Dolman : veste militaire.
2. Ordonnance : soldat attaché au service d'un officier.

rentré. Je revins dans la journée, on ne l'avait pas revu. J'attendis une semaine. Il ne reparut pas. Alors je prévins la justice. On le fit rechercher partout, sans découvrir une trace de son passage ou de sa retraite. Une visite minutieuse fut faite au château abandonné. On n'y découvrit rien de suspect. Aucun indice ne révéla qu'une femme y eût été cachée. L'enquête n'aboutissant à rien, les recherches furent interrompues.

Jean RAY (1897-1964)

« Le gardien du cimetière » (1919)

(in *Histoires de vampires*, Belin-Gallimard,
Classicocollège)

Dans La Morte amoureuse, *Théophile Gautier développe le thème de la femme vampire : Clarimonde est une femme qui a besoin du sang de son amant pour continuer à vivre. Mais sa beauté et son aura sont telles que le narrateur, le jeune Romuald, s'offre amoureusement en sacrifice. Telles ne sont pas toutes les femmes vampires de la littérature fantastique, comme en témoigne la vieille duchesse Opoltchenka de cette nouvelle de Jean Ray.*

Et seul, assis auprès des cadavres[1], j'attends le mystère de minuit.
Sur la table, j'ai disposé les trois tasses, comme tous les soirs.
J'ai mis les casquettes des gardiens sur la plaie rouge de leur tête ; vus de la fenêtre, on dirait qu'ils dorment.
L'attente commence. Oh comme les aiguilles de l'horloge glissent lentement vers minuit, l'ancienne heure terrible du « chur[2] » !
Le sang des morts tombe goutte à goutte sur le car-

---

1. Le narrateur vient de tuer les deux autres gardiens qui étaient des aides de la vampire.
2. La boisson que les gardiens faisaient boire au narrateur pour l'endormir.

relage, à petit bruit doux, comme celui des feuilles s'égouttant après une ondée de printemps.

Et le courlis[1] a crié…

Je me suis couché sur mon lit de camp et j'ai feint le sommeil. Et le courlis a crié plus près.

Quelque chose a froissé les vitres.

Silence…

La porte s'est ouverte très doucement.

Quelqu'un ou quelque chose est entré dans la chambre.

Quelle atroce odeur cadavéreuse !

Des pas glissent vers ma couche…

Et tout à coup, un poids formidable m'écrase.

Des dents aiguës mordent ma plaie douloureuse et d'atroces lèvres glacées sucent goulûment mon sang.

Avec un hurlement, je me redresse.

Et un hurlement plus hideux que le mien y répond.

Ah ! l'épouvantable vision, et comme il m'a fallu toute ma force pour ne pas défaillir !

À deux pas de ma figure, le visage de cauchemar apparu jadis à la fenêtre me fixe avec des yeux de flamme et, de la bouche, affreusement rouge, un filet de sang suinte. *Mon sang.*

J'ai compris. La duchesse Opoltchenka, issue des pays mystérieux où l'on n'a pu nier l'existence des lémures[2] et des vampires, a prolongé sa chienne de vie en buvant le sang jeune des huit malheureux gardiens[3] !

Sa stupeur ne dura qu'une seconde. D'un bond, elle fut sur moi. Ses mains griffues fouillaient mon cou.

Rapidement le revolver cracha ses dernières balles, et avec un grand hoquet, qui éclaboussa les murs de sang noir, la vampire s'écroula sur le sol.

---

1. Oiseau dont le cri annonce l'arrivée de la vampire.
2. Fantômes.
3. Les huit gardiens précédents dont les tombes sont dans le cimetière.

Philip K. DICK (1928-1982)
« La dame aux biscuits » (1953)

(in *Le Roi des elfes*,
trad. revue par H. Collon, Folio SF)

Séduisante, la femme fantastique ? Inquiétante alors ? Mais peut-elle être banale ? La dame aux biscuits, le personnage d'une nouvelle de l'écrivain américain Philip K. Dick, n'a rien, semble-t-il, qui puisse attirer le désir ou provoquer la peur du jeune garçon qui vient lui rendre visite. Son arme favorite : une assiette de petits gâteaux. Original, non ? Et il y a une vraie distance entre elle et les femmes mystérieuses mais séduisantes ou terrifiantes que vous avez rencontrées jusqu'ici.

Bubber ouvrit au hasard le gros livre bleu et lut : « LE PÉROU. Le Pérou est délimité au nord par l'Équateur et la Colombie, au sud par le Chili et à l'est par le Brésil et la Bolivie. Le pays est divisé en trois régions principales : premièrement... »

La vieille dame le regarda lire, avec ses grosses joues tremblotantes et son index qui suivait les lignes. Elle l'observait sans rien dire et, attentive, se pénétrait du moindre froncement de sourcils, du moindre mouvement des bras ou des mains. Elle se détendit et se laissa aller complètement contre le dossier de son siège. Le jeune garçon était tout près d'elle ; il n'y avait entre eux que la table et la lampe. Comme c'était agréable de recevoir ses visites ! Il y avait plus d'un mois, à présent, qu'il venait la voir ; cela avait commencé le jour où, assise sur sa véranda et le voyant passer, elle avait eu l'idée de l'appeler en lui montrant les biscuits posés près de son fauteuil à bascule.

Pourquoi avait-elle agi ainsi ? Elle l'ignorait. Elle était seule depuis si longtemps qu'il lui arrivait de dire ou de faire des choses bizarres. Elle voyait si peu de monde... uniquement les gens qu'elle rencontrait en

faisant ses courses, ou le facteur qui lui apportait sa
pension, ou encore les éboueurs...

Le petit continuait à lire d'une voix monotone. La
vieille dame se sentait bien, paisible et détendue. Elle
ferma les yeux et croisa les mains sur ses genoux. Et
tandis qu'elle écoutait, bercée par sa voix, une trans-
formation s'opéra. Les rides grisâtres qui creusaient
son visage commencèrent à s'effacer. Elle rajeunit, son
corps frêle s'emplit de vigueur ; sa chevelure grise fonça
et s'épaissit, ses mèches folles se colorèrent progressi-
vement. Ses bras s'arrondirent et sa chair tavelée[1]
reprit peu à peu sa belle teinte rosée de jadis.

Mrs. Drew respirait profondément, sans ouvrir les
yeux. Elle sentait que *quelque chose* se passait, sans très
bien savoir quoi. Il lui arrivait *quelque chose* ; elle s'en
rendait compte et cela lui faisait du bien. Mais elle
ignorait de quoi il s'agissait. Cela s'était déjà produit
chaque fois que le jeune garçon venait s'asseoir près
d'elle, en fait, surtout depuis qu'elle avait rapproché
son fauteuil du divan. De nouveau, elle inspira profondément : que c'était bon, cette plénitude tiède, ce
souffle chaud traversant son corps glacé, pour la première fois depuis des années !

Dans son rocking-chair, la petite vieille dame était rede-
venue une matrone brune d'une trentaine d'années,
une femme aux joues pleines, aux membres potelés.
Ses lèvres avaient retrouvé leur teinte rouge, son cou
était même un peu trop grassouillet, comme autrefois,
dans un lointain passé.

Brusquement, Bubber interrompit sa lecture, reposa
son livre et se leva en disant : « Il faut que je m'en aille
maintenant. Je peux emporter les biscuits qui restent ? »
Mrs. Drew battit des paupières et se secoua. Dans la
cuisine, le jeune garçon emplissait ses poches de biscuits.
Tout étourdie, encore sous le charme, elle hocha la
tête en signe d'assentiment. Bubber nettoya le plat et
traversa le salon en direction de la porte d'entrée.

---

1. Marquée de taches (ici de vieillesse).

Mrs. Drew se leva. D'un seul coup, la chaleur qui l'avait envahie se dissipa. Elle se sentait extrêmement lasse et toute desséchée. Sa respiration redevint courte et saccadée. Elle regarda ses mains maigres et fripées.

« Oh » murmura-t-elle, les yeux voilés de larmes. C'était fini ; ça s'était arrêté dès qu'il s'était écarté d'elle. Elle trottina vers le miroir au-dessus de la cheminée, qui lui renvoya l'image d'un visage ridé et fané, d'yeux profondément enfoncés au regard éteint.

« À bientôt, dit Bubber.

— Oui, chuchota-t-elle. Je t'en prie, reviens. Me promets-tu de revenir ?

— D'accord, répondit Bubber avec indifférence. Au revoir. »

Il poussa la porte et descendit les marches. Peu après, elle entendit le bruit de ses pas sur le trottoir. Il était parti.

Groupement
de textes stylistique

Exercices d'admiration

DANS LES NOUVELLES DE CE RECUEIL, nombreuses sont les descriptions de lieux, de personnages et d'objets, tous plus magnifiques les uns que les autres : les femmes sont merveilleuses, le magasin d'antiquités du *Pied de momie* recèle de véritables trésors, les fêtes vénitiennes dans lesquelles rôde Clarimonde sont, elles aussi, somptueuses. C'est que Théophile Gautier était poète et critique d'art, sensible à la beauté qu'il avait érigée en valeur absolue. Ses contemporains se sont eux aussi penchés sur cet idéal, se sont demandé ce qui était beau et comment en donner une idée en littérature. Milieux naturels, paysages exotiques, physionomies particulières, œuvres d'art : les écrivains du XIXᵉ siècle ont puisé dans cette manne de quoi exercer leur admiration et ont tenté de la faire partager à leurs lecteurs.

Victor HUGO (1802-1885)
Notre-Dame de Paris (1831)
(Folio classique)

Victor Hugo, adopte un point de vue romantique et nouveau face au beau : le laid extrême rejoint l'extrême beauté. Le 6 janvier 1482, jour des Rois et de la fête des Fous, le peuple

*de Paris va accorder le titre de pape des fous à l'homme qui
fera la plus belle grimace : les candidats, qui passent leur tête
à travers un cercle de pierre d'une petite chapelle, rivalisent de
laideur. Ainsi le monstrueux bossu gardien de Notre-Dame
devient-il paradoxalement sujet d'admiration.*

C'était une merveilleuse grimace, en effet, que celle
qui rayonnait en ce moment au trou de la rosace.
Après toutes les figures pentagones, hexagones et
hétéroclites qui s'étaient succédé à cette lucarne sans
réaliser cet idéal du grotesque qui s'était construit
dans les imaginations exaltées par l'orgie, il ne fallait
rien moins, pour enlever les suffrages, que la grimace
sublime qui venait d'éblouir l'assemblée. Maître Cop-
penole lui-même applaudit ; et Coplin Trouillefou, qui
avait concouru, et Dieu sait quelle intensité de laideur
son visage pouvait atteindre, s'avoua vaincu. Nous
ferons de même. Nous n'essaierons pas de donner au
lecteur une idée de ce nez tétraèdre, de cette bouche
en fer à cheval, de ce petit œil gauche obstrué d'un
sourcil roux en broussailles tandis que l'œil droit dis-
paraissait entièrement sous une énorme verrue, de ces
dents désordonnées, ébréchées çà et là, comme les
créneaux d'une forteresse, de cette lèvre calleuse sur
laquelle une de ces dents empiétait comme la défense
d'un éléphant, de ce menton fourchu, et surtout de la
physionomie répandue sur tout cela, de ce mélange
de malice, d'étonnement et de tristesse. Qu'on rêve, si
l'on peut, cet ensemble.

L'acclamation fut unanime. On se précipita vers la
chapelle. On en fit sortir en triomphe le bienheureux
pape des fous. Mais c'est alors que la surprise et l'admiration furent à leur comble. La grimace était son
visage. Ou plutôt toute sa personne était une grimace.
Une grosse tête hérissée de cheveux roux ; entre les
deux épaules une bosse énorme dont le contre-coup
se faisait sentir par-devant ; un système de cuisses et de
jambes si étrangement fourvoyées qu'elles ne pouvaient
se toucher que par les genoux, et, vues de face, ressem-
blaient à deux croissants de faucilles qui se rejoignent

par la poignée ; de larges pieds, des mains monstrueuses ;
et, avec toute cette difformité, je ne sais quelle allure
redoutable de vigueur, d'agilité et de courage ; étrange
exception à la règle éternelle qui veut que la force,
comme la beauté, résulte de l'harmonie. Tel était le
pape que les fous venaient de se donner.
On eût dit un géant brisé et mal ressoudé.
Quand cette espèce de cyclope parut sur le seuil de la
chapelle, immobile, trapu, et presque aussi large que
haut, *carré par la base*, comme dit un grand homme, à
son surtout mi-parti rouge et violet[1], semé de campa-
nilles d'argent, et surtout à la perfection de sa laideur,
la populace le reconnut sur-le-champ, et s'écria d'une
voix :
— C'est Quasimodo, le sonneur de cloches ! C'est
Quasimodo, le bossu de Notre-Dame ! Quasimodo le
borgne ! Quasimodo le bancal ! Noël ! Noël !

(Livre I, chapitre 5)

Prosper MÉRIMÉE (1803-1870)
La Vénus d'Ille (1837)
(Classicocollège)

*Cependant les canons de la beauté classique sont toujours
en vigueur, rappelés par la statuaire antique. Prosper Mérimée
était amateur d'art, il était même inspecteur général des
Monuments historiques ; ses nouvelles gardent une trace de
son admiration pour les œuvres d'art, ainsi qu'en témoigne la
découverte d'une statue par le narrateur, une sorte de double
de l'auteur lui-même, au début de* La Vénus d'Ille.

C'était bien une Vénus, et d'une merveilleuse beauté.
Elle avait le haut du corps nu, comme les Anciens
représentaient d'ordinaire les grandes divinités ; la
main droite, levée à la hauteur du sein, était tournée,
la paume en dedans, le pouce et les deux premiers

---

1. Le surtout est un vêtement ample, ici de deux couleurs.

doigts étendus, les deux autres légèrement ployés. L'autre main, rapprochée de la hanche, soutenait la draperie qui couvrait la partie inférieure du corps. L'attitude de cette statue rappelait celle du Joueur de mourre qu'on désigne, je ne sais trop pourquoi, sous le nom de Germanicus. Peut-être avait-on voulu représenter la déesse jouant au jeu de mourre[1].

Quoi qu'il en soit, il est impossible de voir quelque chose de plus parfait que le corps de cette Vénus ; rien de plus suave, de plus voluptueux que ses contours ; rien de plus élégant et de plus noble que sa draperie. Je m'attendais à quelque ouvrage du Bas-Empire[2] ; je voyais un chef-d'œuvre du meilleur temps de la statuaire. Ce qui me frappait surtout, c'était l'exquise vérité des formes, en sorte qu'on aurait pu les croire moulées sur nature, si la nature produisait d'aussi parfaits modèles.

La chevelure, relevée sur le front, paraissait avoir été dorée autrefois. La tête, petite comme celle de presque toutes les statues grecques, était légèrement inclinée en avant. Quant à la figure, jamais je ne parviendrai à exprimer son caractère étrange, et dont le type ne se rapprochait de celui d'aucune statue antique dont il me souvienne. Ce n'était point cette beauté calme et sévère des sculpteurs grecs, qui, par système, donnaient à tous les traits une majestueuse immobilité. Ici, au contraire, j'observais avec surprise l'intention marquée de l'artiste de rendre la malice arrivant jusqu'à la méchanceté. Tous les traits étaient contractés légèrement : les yeux un peu obliques, la bouche relevée des coins, les narines quelque peu gonflées. Dédain, ironie, cruauté, se lisaient sur ce visage d'une incroyable beauté cependant. En vérité, plus on regardait cette admirable statue, et plus on éprouvait le sentiment pénible qu'une si merveilleuse beauté pût s'allier à l'absence de toute sensibilité.

---

1. Jeu antique de doigts et de hasard.
2. Dernière période de l'Empire romain.

Gérard de NERVAL (1808-1855)
Voyage en Orient (1851)
(Bibliothèque de la Pléiade)

*Au cours d'un voyage au Caire, l'écrivain Gérard de Nerval
est invité à faire une excursion dans les environs de la ville,
c'est à cette occasion qu'il tombe sous le charme de l'île de
Roddah, sur le Nil. Dans cette île, c'est un jardin qui retient
tout particulièrement son attention.*

Le bras du Nil semble en cet endroit une petite rivière
qui coule parmi les kiosques et les jardins. Des roseaux
touffus bordent la rive, et la tradition indique ce point
comme étant celui où la fille de Pharaon trouva le
berceau de Moïse. En se tournant vers le sud, on aperçoit à droite le port du vieux Caire, à gauche les bâti-
ments du *Mekkias* ou *Nilomètre*[1], entremêlés de minarets
et de coupoles, qui forment la pointe de l'île.
Cette dernière n'est pas seulement une délicieuse résidence princière, elle est devenue aussi, grâce aux soins
d'Ibrahim, le jardin des plantes du Caire. On peut
penser que c'est justement l'inverse du nôtre ; au lieu
de concentrer la chaleur par des serres, il faudrait
créer là des pluies, des froids et des brouillards artifi-
ciels pour conserver les plantes de notre Europe. Le
fait est que, de tous nos arbres, on n'a pu élever encore
qu'un pauvre petit chêne, qui ne donne pas même de
gland. Ibrahim a été plus heureux dans la culture des
plantes de l'Inde. C'est une tout autre végétation que
celle de l'Égypte, et qui se montre frileuse déjà dans
cette latitude. Nous nous promenâmes avec ravissement sous l'ombrage des tamarins et des baobabs ; des
cocotiers à la tige élancée secouaient çà et là leur
feuillage découpé comme la fougère ; mais à travers
mille végétations étranges j'ai distingué, comme infini-

---

1. Puits aux parois graduées qui permettait de contrôler la montée
des eaux du Nil.

ment gracieuses, des allées de bambous formant rideau comme nos peupliers; une petite rivière serpentait parmi les gazons, où des paons et des flamants roses brillaient au milieu d'une foule d'oiseaux privés. De temps en temps, nous nous reposions à l'ombre d'une espèce de saule pleureur, dont le tronc élevé, droit comme un mât, répand autour de lui des nappes de feuillage fort épaisses; on croit être ainsi dans une tente de soie verte, inondée d'une douce lumière.

Nous nous arrachâmes avec peine à cet horizon magique, à cette fraîcheur, à ces senteurs pénétrantes d'une autre partie du monde, où il semblait que nous fussions transportés par miracle; mais, en marchant au nord de l'île, nous ne tardâmes pas à rencontrer toute une nature différente, destinée sans doute à compléter la gamme des végétations tropicales. Au milieu d'un bois composé de ces arbres à fleurs qui semblent des bouquets gigantesques, par des chemins étroits, cachés sous des voûtes de lianes, on arrive à une sorte de labyrinthe qui gravit des rochers factices, surmontés d'un belvédère. Entre les pierres, au bord des sentiers, sur votre tête, à vos pieds, se tordent, s'enlacent, se hérissent et grimacent les plus étranges reptiles du monde végétal. On n'est pas sans inquiétude en mettant le pied dans ces repaires de serpents et d'hydres endormis, parmi ces végétations presque vivantes, dont quelques-unes parodient les membres humains et rappellent la monstrueuse conformation des dieux-polypes de l'Inde.

Arrivé au sommet, je fus frappé d'admiration en apercevant dans tout leur développement, au-dessus de Gizeh qui borde l'autre côté du fleuve, les trois pyramides nettement découpées dans l'azur du ciel. Je ne les avais jamais si bien vues, et la transparence de l'air permettait, quoique à une distance de trois lieues, d'en distinguer tous les détails.

Charles BAUDELAIRE (1821-1867)

Réflexions sur quelques-uns de mes contemporains (1861)

(Bibliothèque de la Pléiade)

Les écrivains du XIXᵉ siècle étaient tour à tour écrivains, poètes, romanciers ou dramaturges et journalistes. Bien souvent leur activité de journaliste faisait d'eux des critiques, littéraires ou artistiques. Ils ont ainsi défendu, souvent avec passion, les peintres, sculpteurs ou écrivains auxquels ils étaient liés. Charles Baudelaire, qui a dédié à Théophile Gautier son recueil le plus célèbre, Les Fleurs du mal, *a déclaré dans deux articles son admiration pour lui.*

Que de fois il a exprimé, et avec quelle magie de langage ! ce qu'il y a de plus délicat dans la tendresse et dans la mélancolie ! Peu de personnes ont daigné étudier ces fleurs merveilleuses, je ne sais trop pourquoi, et je n'y vois pas d'autre motif que la répugnance native des Français pour la perfection. […]
Figurez-vous, je vous prie, la langue française à l'état de langue morte. […] Si dans ces époques, situées moins loin peut-être que ne l'imagine l'orgueil moderne, les poésies de Théophile Gautier sont retrouvées par quelque savant amoureux de beauté, je devine, je comprends, je vois sa joie. Vois donc la vraie langue française ! la langue des grands esprits et des esprits raffinés ! Avec quel délice son œil se promènera dans tous ces poèmes si purs et si précieusement ornés ! Comme toutes les ressources de notre belle langue, incomplètement connues, seront devinées et appréciées ! Et que de gloire pour le traducteur intelligent qui voudra lutter contre ce grand poète, immortalité embaumée dans des décombres plus soigneux que la mémoire de ses contemporains ! Vivant, il avait souffert de l'ingratitude des siens ; il a attendu longtemps ; mais enfin le voilà récompensé. Des commentateurs

clairvoyants établissent le lien littéraire qui nous unit au XVIᵉ siècle. L'histoire des générations s'illumine. Victor Hugo est enseigné et paraphrasé dans les universités ; mais aucun lettré n'ignore que l'étude de ses resplendissantes poésies doit être complétée par l'étude des poésies de Gautier. Quelques-uns observent même que pendant que le majestueux poète était entraîné par des enthousiasmes quelquefois peu propices à son art, le poète précieux plus fidèle, plus concentré, n'en est jamais sorti. D'autres s'aperçoivent qu'il a même ajouté des forces à la poésie française, qu'il en a agrandi le répertoire et augmenté le dictionnaire, sans jamais manquer aux règles les plus sévères de la langue que sa naissance lui commandait de parler.

Heureux homme ! homme digne d'envie ! il n'a aimé que le Beau ; il n'a cherché que le Beau ; et quand un objet grotesque ou hideux s'est offert à ses yeux, il a su encore en extraire une mystérieuse et symbolique beauté ! Homme doué d'une faculté unique, puissante comme la Fatalité, il a exprimé, sans fatigue, sans effort, toutes les attitudes, tous les regards, toutes les couleurs qu'adopte la nature, ainsi que le sens intime contenu dans tous les objets qui s'offrent à la contemplation de l'œil humain.

Sa gloire est double et une en même temps. Pour lui, l'idée et l'expression ne sont pas deux choses contradictoires qu'on ne peut accorder que par un grand effort ou par de lâches concessions. À lui seul peut-être il appartient de dire sans emphase : *Il n'y a pas d'idées inexprimables !*

Théophile GAUTIER (1811-1872)
Premières Poésies (posthume, 1890)
(Lemerre)

*Dans ses poèmes, Théophile Gautier s'est beaucoup inté-
ressé au Beau : on lui doit la théorie de l'art pour l'art, la
conception d'une beauté qui refuse de se rendre utile, qui
revendique sa pure gratuité, son désintéressement absolu.
L'un de ses premiers poèmes, « Soleil couchant », se place sous
l'égide de Victor Hugo pour célébrer la beauté de Paris.*

Soleil couchant

Notre-Dame
Que c'est beau !
Victor HUGO

En passant sur le pont de la Tournelle, un soir,
Je me suis arrêté quelques instants pour voir
Le soleil se coucher derrière Notre-Dame.
Un nuage splendide à l'horizon de flamme,
Tel qu'un oiseau géant qui va prendre l'essor,
D'un bout du ciel à l'autre ouvrait ses ailes d'or,
— Et c'était des clartés à baisser la paupière.
Les tours au front orné de dentelles de pierre,
Le drapeau que le vent fouette, les minarets
Qui s'élèvent pareils aux sapins des forêts,
Les pignons tailladés que surmontent des anges
Aux corps roides et longs, aux figures étranges,
D'un fond clair ressortaient en noir ; l'Archevêché,
Comme au pied de sa mère un jeune enfant couché,
Se dessinait au pied de l'église, dont l'ombre
S'allongeait à l'entour mystérieuse et sombre.
— Plus loin, un rayon rouge allumait les carreaux
D'une maison du quai ; — l'air était doux ; les eaux
Se plaignaient contre l'arche à doux bruit, et la vague
De la vieille cité berçait l'image vague ;
Et moi, je regardais toujours, ne songeant pas
Que la nuit étoilée arrivait à grands pas.

Chronologie

Théophile Gautier et son temps

1.

Une jeunesse romantique (1811-1833)

C'est à Tarbes, dans les Pyrénées-Orientales, que Théophile Gautier est né, le 30 août 1811, dans une famille aisée. En 1814, la famille Gautier vient vivre à Paris, il y devient un lecteur passionné : ses goûts littéraires le poussent vers des récits qui vantent les beautés de l'ailleurs, comme *Paul et Virginie*, des récits fantastiques comme *Le Diable amoureux* de Jacques Cazotte et les romans terrifiants d'Ann Radcliffe, une Anglaise auteur de romans gothiques, histoires de châteaux hantés et de fantômes. Il est resté fidèle à ses premières inclinations, comme en témoignent les trois nouvelles de ce recueil. En 1822, Théophile entre au collège Charlemagne. Il y fait la rencontre de Gérard Labrunie, qui prendra Gérard de Nerval comme nom de plume. Toute son enfance et son adolescence, Théophile Gautier hésite entre la peinture et la poésie, car il est doué aussi pour le dessin et la peinture, un talent qu'il développe en fréquentant l'atelier d'un peintre, M. Rioult.

Si on l'en croit, c'est l'admiration pour le recueil des

Orientales de Victor Hugo qui a décidé de son choix pour la poésie. Grâce à Gérard de Nerval, Théophile Gautier est présenté à Victor Hugo : il fait désormais partie de la jeunesse littéraire romantique. Il se bat pour faire triompher les nouvelles idées littéraires qui s'opposent à la mesure et à l'amour du monde antique qui dominaient les règles classiques. Ce combat se voit essentiellement au théâtre : les auteurs romantiques composent des pièces qui rompent avec l'esthétique si maîtrisée du théâtre classique. C'en est fini des trois unités et des sujets antiques : les personnages sont exubérants et éprouvent des sentiments extrêmes qui peuvent les mener à des gestes excessifs et violents. Pendant les représentations, le spectacle était aussi dans la salle : chahuts, sifflets et applaudissements fusaient de toutes parts. Gautier a participé à la plus célèbre bataille théâtrale pour soutenir la pièce de Victor Hugo, *Hernani*, trente jours de suite, vêtu d'un gilet rouge resté célèbre.

En juillet 1830, trois jours d'insurrection mettent fin au règne de Charles X, mais Louis-Philippe reprend le pouvoir immédiatement. Cet épisode politique ruine le père de Théophile Gautier et contraint le jeune homme à gagner sa vie : contrairement à d'autres écrivains de son époque, c'est sa plume qui lui permet de vivre, écrire est devenu une nécessité absolue. Il est déjà l'auteur d'un recueil de poésie et a publié en revue des contes fantastiques (« La Cafetière ») et des critiques d'art.

1815	Abdication de Napoléon Ier et début de la Restauration.
1822	Découverte du sens des hiéroglyphes par Champollion.
1828	Expédition de Champollion en Égypte.
1829	*Les Orientales*, Victor Hugo.

> 25 février 1830   Première d'*Hernani* de Victor Hugo
>   au Théâtre-Français (l'actuelle Comédie-
>   Française).
> Juillet 1830   Révolution dite des Trois Glorieuses
>   puis monarchie de Juillet.

2.

Écrire pour vivre (1833-1849)

En 1833, Gautier publie un roman, *Les Jeunes-France*, dans lequel il jette un regard amusé et critique sur les jeunes romantiques, il parle même à propos de ce texte des « *Précieuses ridicules* du Romantisme ». Car Gautier est un indépendant et aime trop l'art antique pour rester pleinement romantique. Il se place désormais à l'écart, se consacrant à l'amour de la beauté. C'est ce qu'il confirme dans la préface de l'un de ses romans, *Mademoiselle de Maupin*, en 1835 : il y revendique un art indépendant de toute visée morale et proclame la gratuité de l'art, première manifestation de l'art pour l'art : « Il n'y a de vraiment beau que ce qui ne peut servir à rien ; tout ce qui est utile est laid, car c'est l'expression de quelque besoin… » Le roman est un échec commercial, mais quelques voix s'élèvent, et non des moindres, celles de Balzac et de Hugo, pour faire de Gautier un écrivain de premier ordre et cette préface est un manifeste dans lequel d'autres écrivains se sont reconnus.

Sa carrière de journaliste se développe elle aussi : il donne des articles à différentes revues dont les commandes le font voyager. Il fonde même un journal avec

Charles Lassailly, *Ariel, journal du monde élégant*, un hebdomadaire qui ne tient que deux mois. À partir de 1836, il devient un chroniqueur régulier de *La Presse*, le quotidien que crée Émile Girardin. Il y tient le feuilleton théâtral hebdomadaire, un travail qui lui permet d'assurer sa vie et de subvenir aux besoins de ses deux sœurs. Mais c'est aussi un travail épuisant : en dix-neuf ans, entre 1836 et 1855, il écrit plus de mille articles ! Ce qui fait écrire à Balzac, en 1838, dans une lettre à Mme Hanska : « Je crois qu'il ne fera jamais rien parce qu'il est dans le journalisme. » Mais, en réalité, Gautier poursuit en même temps son œuvre littéraire : des poèmes (« La Comédie de la mort » en 1837) et des nouvelles (*La Morte amoureuse* en 1836, *Le Chevalier double* et *Le Pied de momie* en 1840), du théâtre et même des arguments de ballets, dont *Giselle* qu'il écrit en 1841 pour Carlotta Grisi, une jeune danseuse dont il est amoureux.

Théophile Gautier, comme bien d'autres écrivains du XIXᵉ siècle est un grand voyageur. En 1840, il accompagne un ami marchand d'art, Eugène Piot, en Espagne à la recherche de tableaux, d'armes anciennes et autres porcelaines. Il envoie à *La Presse* une série d'articles relatant ses découvertes. Il ne cesse plus de voyager : il part pour Londres à l'occasion d'une représentation de *Giselle* ; en 1845, il découvre l'Algérie et rédige à son retour un *Voyage pittoresque en Algérie*. Mais Gautier annonce beaucoup d'articles et ne les publie pas tous. Il emprunte beaucoup d'argent à différents journaux et éditeurs, mais ne parvient pas à honorer les commandes qu'il a acceptées, forgeant de la sorte une image de véritable forçat de la presse. Ses relations avec les patrons de presse et les éditeurs ne sont pas toujours simples, certaines se finissent même devant la justice.

1833	Lois Guizot sur l'enseignement primaire pour développer l'instruction.
1835	*Le Père Goriot*, Balzac.
1837	*La Vénus d'Ille*, Mérimée.
1845	*Histoires extraordinaires*, Edgar Allan Poe. Baudelaire traduit ces contes entre 1848 et 1857.
1847	Début de l'occupation de l'Algérie par la France.
1848	Deuxième République.
1849	Début de la publication des *Mémoires d'outre-tombe* de Chateaubriand un an après sa mort.

3.

Une vie d'amours et de voyages (1850-1872)

Toute la vie de Gautier est ainsi rythmée par les voyages et, grand amoureux des femmes, par ses nombreuses liaisons. Il a eu trois enfants de deux femmes différentes. En novembre 1836, il a un fils avec Émilie Fort qu'il refuse d'épouser. Il reconnaît toutefois sa paternité pour éviter un duel avec le frère de sa maîtresse. On lui connaît encore deux filles, Judith, née en 1845, et Estelle en 1848, avec Ernesta Grisi, une cantatrice, sœur de Carlotta, danseuse dont Gautier était amoureux et pour laquelle il a composé plusieurs ballets. Mais il a été lié avec bien d'autres femmes.

Gautier continue aussi ses voyages : l'Italie en 1850, la Russie en 1858, la Turquie et la Grèce en 1852. En 1869, il part en Égypte, presque trente ans après avoir publié *Le Pied de momie*. Car ses voyages ne lui servent pas à se documenter pour ses nouvelles et ses romans :

quand il publie, en 1858, *Le Roman de la momie*, il trouve les informations nécessaires dans la bibliothèque d'un ami, Ernest Feydeau, à qui il dédicace d'ailleurs son livre avec ces termes : «En m'ouvrant votre érudition et votre bibliothèque, vous m'avez fait croire que j'étais savant et que je connaissais assez l'antique Égypte pour la décrire.» Ses voyages sont souvent l'occasion d'une série d'articles artistiques : ainsi celui effectué en Russie avait pour but d'écrire sur les trésors de la peinture russe. Il publie aussi ses impressions et récits de voyage, un genre à la mode qu'ont aussi pratiqué Gérard de Nerval et Gustave Flaubert.

Durant cette période, Gautier compose certaines de ses œuvres les plus célèbres : dès 1836, l'éditeur Renduel annonçait *Le Capitaine Fracasse*. Le roman paraît en fait bien plus tard, dans la *Revue nationale et étrangère*, entre le 25 décembre 1861 et le 30 juin 1863. Il publie régulièrement des poèmes qu'il regroupe, en 1852, dans le recueil *Émaux et Camées*, grand succès dès la première édition, que Gautier ne cesse de reprendre, jusqu'à sa mort, ajoutant au fur et à mesure de nouveaux poèmes.

Alors que certains écrivains, Victor Hugo en tête, se sont opposés au coup d'État de Napoléon III, Gautier, lui, s'est rangé du côté de l'Empire et, s'il a échoué quatre fois à obtenir un siège à l'Académie française, il a obtenu de l'empereur ou de ses proches un certain nombre de fonctions : familier de la princesse Mathilde, la cousine de Napoléon III, il devient son bibliothécaire en 1868, il est également nommé chef de bureau au ministère de l'Intérieur. C'est donc avec angoisse qu'il assiste à la guerre de 1870 contre la Prusse, à la défaite de Sedan, à la chute de l'Empire puis à la Commune de Paris. Il évoque dans sa correspondance les difficultés qu'il rencontre à la fin de sa vie : «J'ai souffert de toutes les façons ces dernières années ; les privations physiques, la faim, le froid, les revers de fortune, les inquiétudes d'esprit et de cœur, toutes les horreurs de la guerre étrangère et de la guerre civile : j'ai été séparé de tout ce que j'aimais, enfermé vivant dans le tombeau, et, la crise passée, il se produit une réaction sur moi... » (Lettre à Carlotta Grisi, mai 1871). Il connaît une fin de vie marquée par la maladie et la misère... C'est Victor Hugo, revenu d'exil, qui intervient en sa faveur et obtient pour lui une pension quelques mois avant sa mort, le 23 octobre 1872. Deux jours plus tard, nombreux seront ceux, écrivains en tête, qui assisteront à ses funérailles pour rendre hommage à un maître en littérature.

1851	Coup d'État de Napoléon III. Hugo s'exile à Guernesey.
1852	Second Empire.
1855	Suicide de Gérard de Nerval.
1857	*Les Fleurs du mal*, Baudelaire.
1862	*Les Misérables*, Hugo.
1863	Mort d'Alfred de Vigny.
1867	Mort de Charles Baudelaire.
1870	Guerre contre la Prusse et IIIe République.
1871	Début du cycle des Rougon-Macquart d'Émile Zola.
1873	*Une Saison en enfer*, d'Arthur Rimbaud.
1885	Mort de Victor Hugo.

Éléments pour une fiche de lecture

Regarder le tableau

- Observez le tableau, combien voyez-vous de personnages ? Lequel est le plus visible et pourquoi ? Pourquoi les autres se fondent-ils dans le décor ?
- En quoi ce tableau est-il fantastique ? Justifiez votre réponse en vous appuyant sur la définition du genre.
- La femme du tableau pourrait-elle représenter l'une des femmes des nouvelles de Théophile Gautier ? Si oui, laquelle et pourquoi ? Justifiez votre réponse en vous appuyant sur le texte.
- Quel animal occupe le coin en bas à droite du tableau ? Qu'apporte-t-il à l'œuvre ?

Lieux et époques

La Morte amoureuse

- Que sait-on des lieux dans lesquels vit Clarimonde ? Peut-on les situer dans l'espace et dans le temps ?
- Dans quel autre espace vit Romuald ? Cet espace est-il en accord ou en opposition avec celui où l'emmène Clarimonde ?

Le Chevalier double

- Où se situe l'action racontée dans *Le Chevalier double* ? Relevez les passages et les noms qui vous permettent de localiser cette histoire.
- Quels détails (personnages, vêtements, coutumes) permettent de situer cette histoire dans le temps ?

Le Pied de momie

- Dans combien d'endroits différents se rend le narrateur ? Caractérisez chacun d'entre eux (aspect général, traits marquants, époque).
- Quels personnages appartiennent à ces différents espaces et à ces différentes époques ?
- Pour qui n'est-on pas sûr qu'il n'appartient qu'à une des époques ? Qu'est-ce qui nous en fait douter ?

Femmes fantastiques

La Morte amoureuse

- Comment Clarimonde apparaît-elle pour la première fois à Romuald ? Est-elle immédiatement un sujet d'inquiétude pour lui ?
- Quelles sont les particularités de son mode de vie avec le jeune Romuald : lieu, actes, sentiments, temps… ?
- Racontez ce que devient Clarimonde à la fin de la nouvelle. Qu'est-ce que cela prouve à son propos ?

Le Chevalier double

- Relevez les détails qui permettent de faire un portrait physique et moral d'Edwige au début de la nouvelle.

- Comment a-t-elle été mise en relation avec un être fantastique ? S'agit-il d'un être positif ou maléfique ? Justifiez votre réponse.
- À la fin de la nouvelle, ses sentiments ont-ils changé ? Pour quelle(s) raison(s) ?

Le Pied de momie

- L'apparition de la princesse Hermonthis est-elle inquiétante ? Quel ton prend-elle pour s'adresser au pied acheté par le narrateur ?
- Quel sentiment éprouve le narrateur pour cette apparition ? Ce sentiment trouve-t-il une issue heureuse ou malheureuse ? Pourquoi ?

Sur les extraits du groupement de textes thématique

- La femme fantastique est-elle toujours une femme qui veut séduire ? Quels moyens utilise-t-elle quand elle veut le faire ?
- Cherchez des renseignements sur d'autres femmes fantastiques et présentez-en une à la classe (identité, nouvelle dans laquelle elle apparaît, lien avec le fantastique, fin).

Bilan comparatif

- Ne pensez-vous pas que les trois personnages masculins (Oluf, Romuald et le narrateur du *Pied de momie*) sont tous les trois des « chevaliers doubles » ? Justifiez précisément votre réponse en citant le texte.
- Recopiez le tableau comparatif suivant et complétez-le :

	La Morte amoureuse	Le Chevalier double	Le Pied de momie
Personnage masculin principal			
Lieux			
Époques			
Personnage féminin			
Événement fantastique			
Fin heureuse ou malheureuse			

Sélectionnez une description dans chacune des nouvelles puis répondez aux questions suivantes :
- qu'est-ce qui est décrit ?
- la description est-elle organisée ? Si oui, quel ordre suit-elle ?
- le lexique employé est-il précis ? Donnez des exemples.
- analysez les expansions du nom dont se sert Théophile Gautier pour enrichir ses groupes nominaux.
- caractérisez les structures de phrases de ces descriptions : ponctuation, constructions des phrases, types de phrases, présence ou non d'énumérations.

Écriture

- En vous fondant sur les caractéristiques repérées dans l'exercice précédent, écrivez une description à la manière de Gautier (vous pouvez décrire votre trousse, votre chambre, le réfectoire... ou tout autre lieu contenant des trésors sur lesquels votre imagination pourra prendre appui).

- Le narrateur du *Pied de momie* rencontre un jour Romuald et lui raconte son étrange aventure. Imaginez le dialogue entre ces deux hommes et les réactions et recommandations du prêtre au jeune Parisien.

Collège

Combats du xxᵉ siècle en poésie (anthologie) (161)

Mère et fille (Correspondances de Mme de Sévigné, George Sand, Sido et Colette) (anthologie) (112)

Poèmes à apprendre par cœur (anthologie) (191)

Les récits de voyage (anthologie) (144)

La Bible (textes choisis) (49)

Fabliaux (textes choisis) (37)

Les Quatre Fils Aymon (textes choisis) (208)

Schéhérazade et Aladin (textes choisis) (192)

La Farce de Maître Pathelin (146)

ALAIN-FOURNIER, *Le grand Meaulnes* (174)

Jean ANOUILH, *Le Bal des voleurs* (113)

Honoré de BALZAC, *L'Élixir de longue vie* (153)

Henri BARBUSSE, *Le Feu* (91)

Joseph BÉDIER, *Le Roman de Tristan et Iseut* (178)

Lewis CARROLL, *Les Aventures d'Alice au pays des merveilles* (162)

Samuel de CHAMPLAIN, *Voyages au Canada* (198)

CHRÉTIEN DE TROYES, *Le Chevalier au Lion* (2)

CHRÉTIEN DE TROYES, *Lancelot ou le Chevalier de la Charrette* (133)

CHRÉTIEN DE TROYES, *Perceval ou Le conte du Graal* (195)

COLETTE, *Dialogues de bêtes* (36)

Joseph CONRAD, *L'Hôte secret* (135)

Pierre CORNEILLE, *Le Cid* (13)

Roland DUBILLARD, *La Leçon de piano et autres diablogues* (160)

DANS LA MÊME COLLECTION

ÉSOPE, Jean de LA FONTAINE, Jean ANOUILH, *50 Fables* (186)

Georges FEYDEAU, *Feu la mère de Madame* (188)

Gustave FLAUBERT, *Trois contes* (6)

Romain GARY, *La Promesse de l'aube* (169)

Jean GIONO, *L'Homme qui plantait des arbres + Écrire la nature* (anthologie) (134)

Nicolas GOGOL, *Le Nez. Le Manteau* (187)

Wilhelm et Jacob GRIMM, *Contes* (textes choisis) (72)

Ernest HEMINGWAY, *Le vieil homme et la mer* (63)

HOMÈRE, *Odyssée* (18)

Victor HUGO, *Claude Gueux* suivi de *La Chute* (15)

Victor HUGO, *Jean Valjean (Un parcours autour des Misérables)* (117)

Thierry JONQUET, *La Vie de ma mère !* (106)

Joseph KESSEL, *Le Lion* (30)

Jean de LA FONTAINE, *Fables* (34)

J. M. G. LE CLÉZIO, *Mondo et autres histoires* (67)

Gaston LEROUX, *Le Mystère de la chambre jaune* (4)

Guy de MAUPASSANT, *12 contes réalistes* (42)

Guy de MAUPASSANT, *Boule de suif* (103)

MOLIÈRE, *Les Fourberies de Scapin* (3)

MOLIÈRE, *Le Médecin malgré lui* (20)

MOLIÈRE, *Trois courtes pièces* (26)

MOLIÈRE, *L'Avare* (41)

MOLIÈRE, *Les Précieuses ridicules* (163)

MOLIÈRE, *Le Sicilien ou l'Amour peintre* (203)

Alfred de MUSSET, *Fantasio* (182)

George ORWELL, *La Ferme des animaux* (94)

Amos OZ, *Soudain dans la forêt profonde* (196)

Louis PERGAUD, *La Guerre des boutons* (65)

Charles PERRAULT, *Contes de ma Mère l'Oye* (9)

Edgar Allan POE, *6 nouvelles fantastiques* (164)

Jacques PRÉVERT, *Paroles* (29)

Jules RENARD, *Poil de Carotte* (66)

Antoine de SAINT-EXUPÉRY, *Vol de nuit* (114)

Mary SHELLEY, *Frankenstein ou le Prométhée moderne* (145)

John STEINBECK, *Des souris et des hommes* (47)

Robert Louis STEVENSON, *L'Étrange Cas du docteur Jekyll et de M. Hyde* (53)

Jean TARDIEU, *9 courtes pièces* (156)

Michel TOURNIER, *Vendredi ou La Vie sauvage* (44)

Fred UHLMAN, *L'Ami retrouvé* (50)

Jules VALLÈS, *L'Enfant* (12)

Paul VERLAINE, *Fêtes galantes* (38)

Jules VERNE, *Le Tour du monde en 80 jours* (32)

H. G. WELLS, *La Guerre des mondes* (116)

Oscar WILDE, *Le Fantôme de Canterville* (22)

Richard WRIGHT, *Black Boy* (199)

Marguerite YOURCENAR, *Comment Wang-Fô fut sauvé et autres nouvelles* (100)

Émile ZOLA, *3 nouvelles* (141)

Lycée

Série Classiques

Écrire sur la peinture (anthologie) (68)

Les grands manifestes littéraires (anthologie) (175)

DANS LA MÊME COLLECTION

La poésie baroque (anthologie) (14)

Le sonnet (anthologie) (46)

L'Encyclopédie (textes choisis) (142)

Honoré de BALZAC, *La Peau de chagrin* (11)

Honoré de BALZAC, *La Duchesse de Langeais* (127)

Honoré de BALZAC, *Le roman de Vautrin* (textes choisis dans *La Comédie humaine*) (183)

René BARJAVEL, *Ravage* (95)

Charles BAUDELAIRE, *Les Fleurs du mal* (17)

BEAUMARCHAIS, *Le Mariage de Figaro* (128)

Aloysius BERTRAND, *Gaspard de la nuit* (207)

André BRETON, *Nadja* (107)

Albert CAMUS, *L'Étranger* (40)

Albert CAMUS, *La Peste* (119)

Albert CAMUS, *La Chute* (125)

Albert CAMUS, *Les Justes* (185)

Louis-Ferdinand CÉLINE, *Voyage au bout de la nuit* (60)

René CHAR, *Feuillets d'Hypnos* (99)

François-René de CHATEAUBRIAND, *Mémoires d'outre-tombe* – « livres IX à XII » (118)

Driss CHRAÏBI, *La Civilisation, ma Mère !...* (165)

Albert COHEN, *Le Livre de ma mère* (45)

Benjamin CONSTANT, *Adolphe* (92)

Pierre CORNEILLE, *Le Menteur* (57)

Pierre CORNEILLE, *Cinna* (197)

Denis DIDEROT, *Paradoxe sur le comédien* (180)

Madame de DURAS, *Ourika* (189)

Marguerite DURAS, *Un barrage contre le Pacifique* (51)

DANS LA MÊME COLLECTION

Paul ÉLUARD, *Capitale de la douleur* (126)

Annie ERNAUX, *La place* (61)

Gustave FLAUBERT, *Madame Bovary* (33)

Gustave FLAUBERT, *Écrire Madame Bovary (Lettres, pages manuscrites, extraits)* (157)

André GIDE, *Les Faux-Monnayeurs* (120)

André GIDE, *La Symphonie pastorale* (150)

Victor HUGO, *Hernani* (152)

Victor HUGO, *Mangeront-ils ?* (190)

Eugène IONESCO, *Rhinocéros* (73)

Sébastien JAPRISOT, *Un long dimanche de fiançailles* (27)

Charles JULIET, *Lambeaux* (48)

Franz KAFKA, *Lettre au père* (184)

Eugène LABICHE, *L'Affaire de la rue de Lourcine* (98)

Jean de LA BRUYÈRE, *Les Caractères* (24)

Pierre CHODERLOS DE LACLOS, *Les Liaisons dange-reuses* (5)

Madame de LAFAYETTE, *La Princesse de Clèves* (39)

Louis MALLE et Patrick MODIANO, *Lacombe Lucien* (147)

André MALRAUX, *La Condition humaine* (108)

MARIVAUX, *L'Île des Esclaves* (19)

MARIVAUX, *La Fausse Suivante* (75)

MARIVAUX, *La Dispute* (181)

Guy de MAUPASSANT, *Le Horla* (1)

Guy de MAUPASSANT, *Pierre et Jean* (43)

Herman MELVILLE, *Bartleby le scribe* (201)

MOLIÈRE, *L'École des femmes* (25)

MOLIÈRE, *Le Tartuffe* (35)

MOLIÈRE, *L'Impromptu de Versailles* (58)

MOLIÈRE, *Amphitryon* (101)

MOLIÈRE, *Le Misanthrope* (205)

Michel de MONTAIGNE, *Des cannibales + La peur de l'autre* (anthologie) (143)

MONTESQUIEU, *Lettres persanes* (56)

MONTESQUIEU, *Essai sur le goût* (194)

Alfred de MUSSET, *Lorenzaccio* (8)

Irène NÉMIROVSKY, *Suite française* (149)

OVIDE, *Les Métamorphoses* (55)

Blaise PASCAL, *Pensées* (Liasses II à VIII) (148)

Pierre PÉJU, *La petite Chartreuse* (76)

Daniel PENNAC, *La fée carabine* (102)

Luigi PIRANDELLO, *Six personnages en quête d'auteur* (71)

Francis PONGE, *Le parti pris des choses* (170)

L'abbé PRÉVOST, *Manon Lescaut* (179)

Raymond QUENEAU, *Zazie dans le métro* (62)

Raymond QUENEAU, *Exercices de style* (115)

Pascal QUIGNARD, *Tous les matins du monde* (202)

François RABELAIS, *Gargantua* (21)

Jean RACINE, *Andromaque* (10)

Jean RACINE, *Britannicus* (23)

Jean RACINE, *Phèdre* (151)

Jean RACINE, *Mithridate* (206)

Rainer Maria RILKE, *Lettres à un jeune poète* (59)

Arthur RIMBAUD, *Illuminations* (195)

Edmond ROSTAND, *Cyrano de Bergerac* (70)

SAINT-SIMON, *Mémoires* (64)

DANS LA MÊME COLLECTION

Nathalie SARRAUTE, *Enfance* (28)

William SHAKESPEARE, *Hamlet* (54)

SOPHOCLE, *Antigone* (93)

STENDHAL, *La Chartreuse de Parme* (74)

STENDHAL, *Vanina Vanini et autres nouvelles* (200)

Michel TOURNIER, *Vendredi ou les limbes du Pacifique* (132)

Vincent VAN GOGH, *Lettres à Théo* (52)

VOLTAIRE, *Candide* (7)

VOLTAIRE, *L'Ingénu* (31)

VOLTAIRE, *Micromégas* (69)

Émile ZOLA, *Thérèse Raquin* (16)

Émile ZOLA, *L'Assommoir* (140)

Pour plus d'informations,
consultez le catalogue à l'adresse suivante :
http://www.gallimard.fr

Composition Interligne.
Impression Novoprint
à Barcelone, le 16 mai 2011.
Dépôt légal : juin 2011.
ISBN : 978-2-07-044111-2

178913